Für meinen Ehemann
und meine Kinder, für Val.
Danke, Leute!
R. H. H.

Für meine Eltern
M. E.

Von diesem Buch erscheint im November 1995 eine Schulausgabe.
Die Schulausgabe wird nur im Klassensatz und gegen Vorlage einer Schulbescheinigung vertrieben.

Total normal
Was du schon immer über Sex wissen wolltest
Originaltitel: Let's Talk about Sex
First published 1994 by Walker Books Ltd, London, GB
Übersetzt von Franziska Weber
Lektorat: Margret Reuter
Lettering in den Zeichnungen von Franziska Weber

Satz: Satzstudio Zeil, Frankfurt am Main
Gedruckt in HongKong
ISBN 3-860 42-165-4
ISBN 3-860 42-193-X (Schulausgabe)
Printed in HongKong

Was Du schon
immer über Sex wis-
sen wolltest

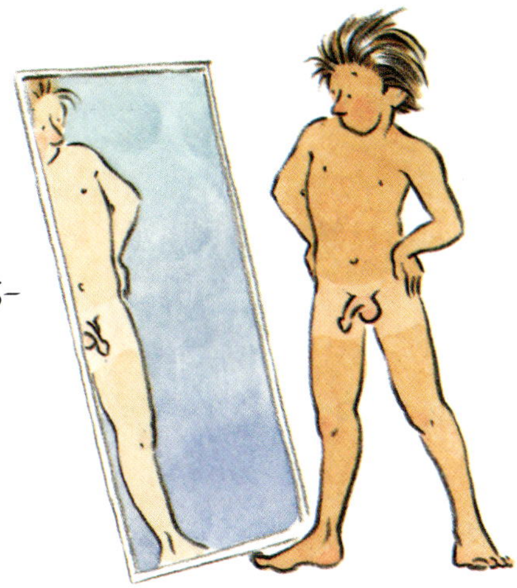

Total normal

Text von
Robie H. Harris

Illustrationen von
Michael Emberley

Alibaba Verlag
Frankfurt am Main

Inhalt

Teil 4

Familien und Kinder

Teil 5

Entscheidungen

Teil 6

Die Gesundheit

VOGEL UND BIENE PRIVAT
HEY! RAT MAL, WAS ICH GRAD LESE?
NEE. NERV NICHT. ICH BIN MITTEN IN EINEM ASTRONOMIEBUCH.
WEISST DU, ICH LES AUCH 'N WISSEN-SCHAFTLICHES BUCH.
TATSÄCHLICH! DAS IST JA 'NE PREMIERE!
DIESES BUCH WIRD AUCH 'NE PREMIERE SEIN... FÜR DICH. RISKIER MAL 'N BLICK, KLEINER. DU WIRST ES MÖGEN.
OH, NEIIIN! DAS IST JA EIN BUCH ÜBER ...
...SEX, KLEINER. HAST DU ETWA PROBLEME?
NÖÖÖH... ABER ICH HALT MICH LIEBER AN DIE STERNE, DANKE.
FEIGLING!
SPINNST DU? ICH BIN 'NE BIENE, UND BIENEN SIND UNHEIMLICH TAPFER!
WENN DAS SO IST, DANN GUCK DOCH MAL HIER REIN.
GUT, OKAY, ABER NUR GANZ KURZ.

Einleitung

Jede Menge Fragen

Körperliche Veränderungen, Heranwachsen, Sex und Gesundheit

Irgendwann im Alter zwischen 9 und 15 beginnt der kindliche Körper, sich zu verändern und erwachsen zu werden.

Die meisten Jugendlichen wundern sich über diese körperlichen Veränderungen und haben jede Menge Fragen dazu, was mit ihrem Körper geschieht.

Es ist völlig normal, neugierig zu sein und mehr über diese körperlichen Veränderungen wissen zu wollen. Die meisten der Veränderungen in dieser Zeit, aber nicht alle, ermöglichen es, Kinder zu zeugen und zu bekommen. Und das hat eine Menge mit Sex zu tun.

Sex umfaßt viele Dinge – Körper, Erwachsenwerden, Familie,

Kinderkriegen, Liebe, Zuwendung, Neugierde, Gefühle, Achtung, Verantwortung, Biologie und Gesundheit. Manchmal gehören auch Krankheit und Probleme dazu. Jugendliche machen sich Gedanken und haben jede Menge Fragen zum Thema Sex. Auch das ist völlig normal.

Du fragst dich vielleicht, wozu es gut sein soll, ein paar Tatsachen über den menschlichen Körper, das Erwachsenwerden, über

Sex und Gesundheit zu erfahren. Das ist deshalb wichtig, weil dir diese Informationen helfen können, in der Zeit des Heranwachsens und auch später die für dich richtigen Entscheidungen zu treffen, Spaß und Lust im Leben zu haben, nicht ungewollt schwanger zu werden und gefährliche Krankheiten zu vermeiden. Außerdem kann es spannend sein, mehr über diese Dinge zu erfahren.

Teil 1

Was ist Sex?

Kapitel 1

Mädchen oder Junge, weiblich oder männlich

Sex und Geschlecht

Was ist Sex? Was genau ist das? Worum geht's dabei? Das sind Fragen, die sich viele Jugendliche stellen. Du mußt dich weder verlegen noch dumm fühlen, wenn du die Antworten nicht weißt, denn Sex ist keine einfache Angelegenheit. Sex ist vieles, und die Leute haben ganz verschiedene Empfindungen und Meinungen dazu. Deshalb gibt es mehr als nur eine Antwort auf die Frage: Was ist Sex?

Eine Möglichkeit, etwas über Sex zu erfahren, ist, jemanden zu fragen, den du kennst und dem du vertraust. Denk dran, es gibt keine dummen Fragen. Eine andere Möglichkeit besteht darin, sich mit Hilfe von Büchern zu informieren. Du kannst zum Beispiel die Bedeutung des Wortes „Sex“ im Wörterbuch nachschlagen. In einem Wörterbuch findet sich beispielsweise folgende Information:

„Sex“ ist ein englisches Wort und leitet sich von dem lateinischen Wort „sexus“ ab, welches „Geschlecht“ bedeutet.

Zu Geschlecht wiederum finden wir in einem Lexikon:

Die zwei Formen, in denen Menschen, Tiere und Pflanzen vorkommen.

Die Leute wollen immer das Geschlecht eines Neugeborenen

wissen. Deswegen ist es nicht verwunderlich, daß bei der Geburt eines Babys immer jemand ausruft: „Es ist ein Mädchen!" oder „Es ist ein Junge!" Und für gewöhnlich ist eine der ersten Fragen, die Kinder stellen, wenn sie

hören, daß ein neues Kind in ihre Klasse kommt: „Ist es ein Mädchen oder ein Junge?"

Das Geschlecht zeigt an, ob eine Person männlich oder weiblich ist, Junge oder Mädchen, Mann oder Frau.

Kapitel 2

Kinder zeugen

Geschlechtliche Fortpflanzung

Im Lexikon steht noch mehr zum Thema Sex:

2. Geschlechtliche Fortpflanzung.

Beim Sex geht es auch um Fortpflanzung, d.h. um die Entstehung eines Kindes.

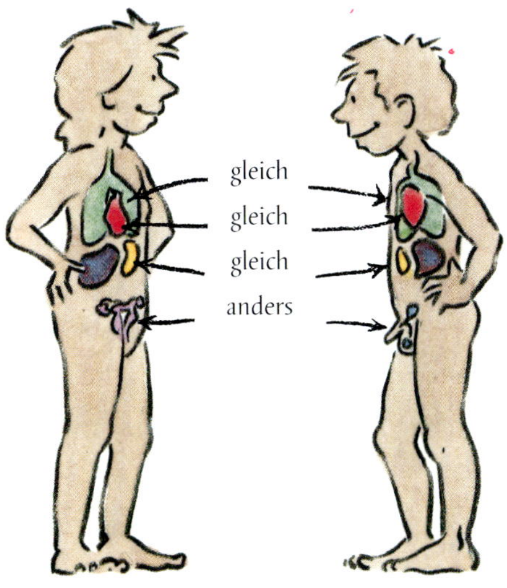

Bestimmte Organe unseres Körpers, nämlich die Fortpflanzungsorgane, ermöglichen es sowohl einem Mann als auch einer Frau, sich fortzupflanzen, d.h. Kinder zu zeugen. Die Organe in unserem Körper haben bestimmte Aufgaben zu erfüllen. Das Herz hat beispielsweise die Aufgabe, Blut zu pumpen. Wissenschaftler wissen, daß die meisten Organe in unserem Körper, das Herz, die Lunge, der Magen, bei Männern und Frauen gleich sind. Die Fortpflanzungsorgane aber sind bei Mann und Frau verschieden.

Man nennt die Fortpflanzungsorgane auch Geschlechtsorgane. Die weiblichen und männlichen Geschlechtsorgane funktionieren auf bemerkenswerte Art und Weise. Sie unterscheiden sich voneinander, weil sie ganz verschiedene Aufgaben haben. Sowohl Männer als auch Frauen haben äußere und innere Geschlechtsorgane. Die äußeren Geschlechtsorgane befinden sich außerhalb des Körpers zwischen den Beinen und werden Genitalien genannt. Die inneren Geschlechtsorgane befinden sich innerhalb des Körpers und heißen Fortpflanzungsorgane.

Bei Mädchen sind Vagina (Scheide) und Eierstöcke Geschlechtsorgane und bei Jungen Penis und Hoden.

Beim Sex geht es auch um die Entstehung eines neuen Menschen, um das Zeugen eines Kindes.

Kapitel 3
Starke Gefühle
Sexuelles Verlangen

Im Lexikon steht sogar noch mehr über Sex:

3. Sexuelles Verlangen.

Sex hat auch etwas mit dem Wunsch zu tun, jemandem körperlich so nah wie nur möglich zu sein. Hast du jemals etwas wirklich haben wollen oder ersehnt? Wenn du unbedingt jemanden zum besten Freund haben willst oder Schokoladeneis willst, nennt man das Verlangen.

Oft weiß man nicht, warum man unbedingt etwas will. Du denkst nicht einmal darüber nach, warum dir danach ist. Das Gefühl des Verlangens, des Begehrens ist einfach da.

Sexuelles Begehren ist anders als das Verlangen nach Schokoladeneis, nach einem besten Freund oder auch danach, dich an deine Mutter oder deinen Vater, Freunde, ein Haustier oder ein Kuscheltier zu schmiegen. Sexuelles Begehren bedeutet, daß du dich von einem Menschen ganz stark angezogen fühlst, wie von einem Magneten. Du möchtest ihm körperlich so nah wie nur möglich sein. Dein Körper reagiert mit sexuellem Verlangen, er ist erregt und warm, es prikkelt, und man fühlt sich zittrig. Und manchmal können diese Gefühle ganz schön stark sein. Jemandem nachlaufen, ihn nekken oder in ihn verknallt sein, ist auch eine Form von sexuellem Verlangen.

Oft fällt es schwer, nicht ununterbrochen an die betreffende Person zu denken. Das nennt man „in jemanden verknallt sein". Jungen wie Mädchen sind verknallt. Sie sind verknallt in Menschen, die sie kennen, aber auch in Fernseh- oder Filmstars, Popsänger oder Spitzensportler.

Man kann als Mädchen für ein Mädchen schwärmen oder als Junge für einen Jungen, also für das „eigene" Geschlecht, für das jeweils andere Geschlecht, für Gleichaltrige, Jüngere oder Ältere. In jemanden verknallt zu sein oder für jemanden zu schwärmen, ist völlig normal.

Einige von euch haben wahrscheinlich schon die Veränderungen in ihrem Körper und die Unterschiede zwischen ihrem Körper und dem ihrer Freunde bemerkt. Die Empfindungen für andere können dich sehr erregen. Man umschreibt diesen Zustand auch mit „scharf" sein.

Sexuelle Gefühle können sich aber auch entwickeln, wenn du dich mit dir und den Veränderungen deines Körpers beschäftigst.

Kapitel 4
„Liebe machen“
Geschlechtsverkehr

Das Wörterbuch sagt uns noch etwas anderes über Sex: *4. Geschlechtsverkehr.*

Das Wort Sex bedeutet auch Geschlechtsverkehr. Manche Leute nennen Geschlechtsverkehr auch „miteinander schlafen“ oder „Liebe machen“.

Zum Geschlechtsverkehr kommt es, wenn eine Frau und ein Mann sich sexuell sehr erregt und voneinander angezogen fühlen. Sie möchten sehr nahe beieinander sein, so nahe, daß der Penis des Mannes in die Vagina der Frau eindringt und sich die Vagina so dehnt, daß sie den Penis umschließt. Wenn es dazu kommt, können ein Mann und eine Frau, deren Fortpflanzungsorgane vollständig entwickelt sind, ein Kind zeugen.

Aber die meisten Menschen haben Geschlechtsverkehr weil es Spaß macht und sie sich gut dabei fühlen und nicht, weil sie

ein Kind zeugen wollen. Geschlechtsverkehr kann man bis ins hohe Alter haben.

Manche Leute umschreiben Geschlechtsverkehr auch mit „Liebe machen“, weil das eine Möglichkeit ist, Liebe zu zeigen. Aber Geschlechtsverkehr ist nur *eine* Art, seine Liebe auszudrücken.

Umarmen, Kuscheln, Händchen halten, Küssen und Berühren sind auch Formen, Liebe zu zeigen. Ebenso, wie mit jemandem, den man sehr mag, zusammenzusein und ihm oder ihr zu sagen: „Ich liebe dich“.

Es gibt einige Dinge über Sex und Geschlechtsverkehr, über die man unbedingt Bescheid wissen sollte und die es zu beachten gilt:

- Es ist sinnvoll, mit dem Geschlechtsverkehr zu warten, bis man alt und verantwor-

tungsbewußt genug ist, vernünftige Entscheidungen in puncto Sex zu treffen.

- Jeder hat stets das Recht, zu jeder Art von sexueller Berührung „nein" zu sagen.
- Eine Beziehung, die sexuellen Kontakt einschließt, beinhaltet auch oft komplizierte Gefühle.
- Beim Geschlechtsverkehr kann die Frau schwanger werden. Aber es gibt Möglichkeiten, dies zu verhindern.
- Während des Geschlechtsverkehrs können gefährliche Infektionen wie HIV (der Virus, der AIDS verursacht) und andere, weniger schwerwiegende Infektionen von einer Person auf die andere übertragen werden. Allerdings kann man sich vor diesen Infektionen schützen und ihre Übertragung verhindern.

Sex beinhaltet also vieles, auch Gefühle und Gedanken.

Sex ist der Wunsch, jemandem sehr nahe sein zu wollen.

Sex bedeutet Geschlechtsverkehr.

Sex heißt auch, Kinder zu zeugen.

Manchmal benutzen die Leute das Wort Sexualität, um über Sex zu reden. Wenn sie das Wort Sexualität benutzen, dann sprechen sie gewöhnlich über all das, was uns zu geschlechtlichen Lebewesen macht – unser Geschlecht, unsere sexuellen Gefühle, Gedanken und Wünsche, genauso wie jede Form von sexuellem Kontakt, von der sexuellen Berührung bis zum Geschlechtsverkehr.

Kapitel 5

So oder so

Heterosexualität und Homosexualität

„Normal" und „schwul" sind zwei Wörter, die mit sexuellem Verlangen und Sex zu tun haben. Eine „normale" oder heterosexuelle Person ist jemand, der sexuell von Menschen des anderen Geschlechts angezogen wird. *Heteros* ist das griechische Wort für *anders.*

In einer heterosexuellen Beziehung fühlen sich zwei Menschen unterschiedlichen Geschlechts, d.h. ein Mann und eine Frau, voneinander angezogen, können sich ineinander verlieben und eine sexuelle Beziehung miteinander haben. Schwul oder homosexuell ist jemand, der sich von Menschen des eigenen Geschlechts angezogen fühlt. *Homos* ist das altgriechische Wort für *gleich.* In einer homosexuellen Beziehung fühlen sich Personen desselben Geschlechts, d.h. ein Mann und ein Mann oder eine Frau und eine Frau, voneinander angezogen, können sich ineinander verlieben und eine sexuelle Beziehung miteinander haben.

Eine homosexuelle Beziehung zwischen zwei Frauen wird auch als lesbische Beziehung bezeichnet. Das Wort *lesbisch* wurde zuerst im späten 19. Jahrhundert gebraucht. Es geht zurück auf das Altertum, genauer auf das 6. Jahrhundert vor Christus, als die große Dichterin Sappho auf der griechischen Insel Lesbos lebte.

Sappho schrieb über die Freundschaft und Liebe zwischen Frauen.

Die Griechen des Altertums hielten die Liebe zwischen zwei Männern für die höchste Form der Liebe. Um 1000 v.Chr. war es in dem antiken Stadtstaat Sparta sogar erwünscht, daß zwei sich liebende Männer im selben Regiment dienten. Man hoffte, daß ein Krieger, der im selben Regiment diente wie sein Liebhaber, besser kämpfen würde, um diesen zu beeindrucken. Die Armee von Sparta war eine der mächtigsten und gefürchtetsten im antiken Griechenland.

Homosexuelle Beziehungen hat es zu allen Zeiten gegeben, sogar schon vor der griechischen Antike.

Unsere Einstellung zur Homosexualität wird beeinflußt durch die Kultur und die Zeit, in der wir leben.

Wissenschaftler sind sich bis heute nicht völlig sicher und einig darüber, warum ein Mensch homosexuell und ein anderer heterosexuell wird. Möglicherweise gibt es dafür nicht nur einen Grund.

Manche Wissenschaftler glauben, daß homosexuell oder heterosexuell zu sein nicht etwas ist, was man sich aussuchen kann, wie man sich ja auch nicht aussuchen kann, mit welcher Hautfarbe man zur Welt kommt oder mit welchem Geschlecht man geboren wird. Sie gehen davon aus, daß man bereits mit der Veranlagung zur Heterosexualität oder Homosexualität geboren wird.

Andere Wissenschaftler meinen, daß Ereignisse in der Kindheit eines Menschen bestimmend für die Entwicklung zur Heterosexualität oder Homosexualität seien.

In der Pubertät kommt es vor, daß sich Jungen für andere Jungen und Mädchen für Mädchen interessieren und sich auch gegenseitig berühren. Das ist ein ganz normaler Vorgang des Entdekkens und hat nichts damit zu tun, ob ein Mädchen oder Junge heterosexuell oder homosexuell ist oder werden wird.

Von einer Person des eigenen Geschlechts zu träumen oder in sie verknallt zu sein, bedeutet

nicht notwendigerweise, daß ein Mädchen oder ein Junge homosexuell veranlagt ist.

Manche Menschen lehnen schwule Männer und lesbische Frauen ab, manche hassen Homosexuelle sogar wegen ihrer Veranlagung, weil sie diese für sie fremden Lebensformen ablehnen. Aber in der Regel wissen sie nur wenig oder gar nichts über Homosexuelle, und ihre Haltung basiert meist auf Ängsten oder Fehlinformationen, nicht aber auf Tatsachen. Leute haben oft Angst vor Dingen, über die sie wenig oder nichts wissen.

Manche Menschen fühlen sich von Menschen des anderen *und* des eigenen Geschlechts angezogen. Menschen, die sich von Frauen und Männern angezogen fühlen, sich in sie verlieben und sexuelle Beziehungen mit ihnen haben, nennt man *bisexuell. Bi* heißt *zwei.*

Die alltäglichen Bedürfnisse wie zum Beispiel ein Heim gründen, mit Freunden Spaß haben, Kinder aufziehen, zu arbeiten, verliebt sein, unterscheiden sich kaum voneinander, egal ob jemand heterosexuell, homosexuell oder bisexuell ist.

Wenn man Fragen hat oder sich Gedanken über die eigenen sexuellen Gefühle macht, kann es hilfreich sein, sich mit jemandem, den man kennt und dem man vertraut – einem Elternteil, einem Verwandten, einem guten Freund, einer guten Freundin, einem Lehrer, einer Lehrerin, einem Arzt oder einer Ärztin –, zu unterhalten.

Teil 2

Unser Körper

Kapitel 6

Der Körper des Menschen

Verschiedenste Körper

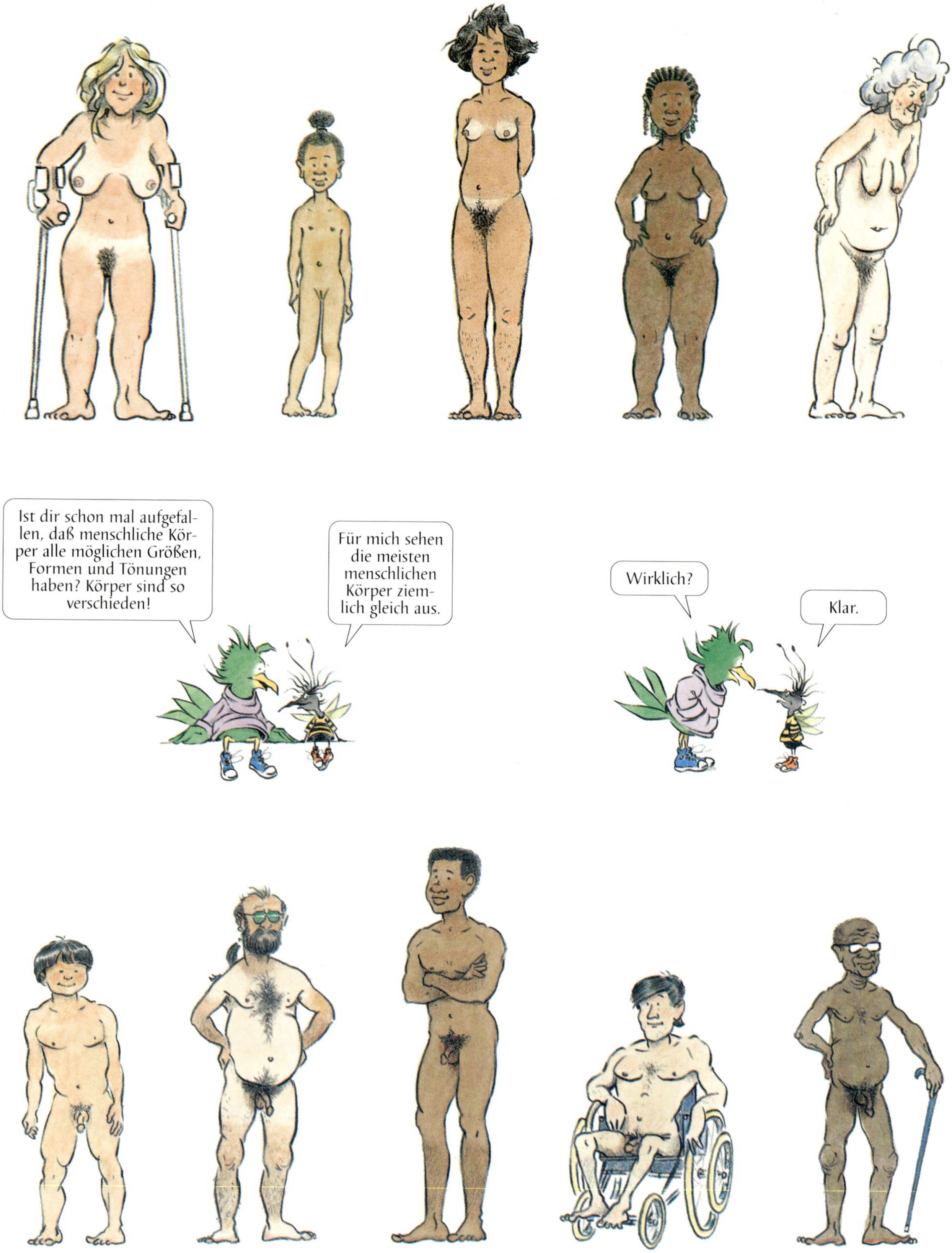
Ist dir schon mal aufgefallen, daß menschliche Körper alle möglichen Größen, Formen und Tönungen haben? Körper sind so verschieden!
Für mich sehen die meisten menschlichen Körper ziemlich gleich aus.
Wirklich?
Klar.

Also, komm schon. Du weißt sicher, daß der männliche und der weibliche Körper unterschiedlich aussehen.
Müssen wir darüber reden?

Was dagegen?
Laß uns einfach dieses Gespräch vergessen, okay?

Kapitel 7
Außen und Innen
Die weiblichen Geschlechtsorgane

Die äußeren Geschlechtsorgane der Frau, die Klitoris und der Scheideneingang, sind kaum sichtbar, weil sie sich zwischen ihren Oberschenkeln befinden.

Die Vulva

Der gesamte Bereich weichen Gewebes zwischen den Beinen einer Frau wird Vulva genannt. Das Wort *vulva* kommt aus dem Lateinischen und bedeutet *Decke.* Die Vulva bedeckt die Klitoris, den Scheideneingang, die Öffnung der Harnröhre (Urethra) und die Schamlippen.

Die Schamlippen

Die Schamlippen (Labia) bestehen aus zwei Paar weichen Hautfalten in der Vulva. Sie bedecken die inneren Teile der Vulva, die Klitoris, die Öffnung der Harnröhre und den Scheideneingang. *Labia* ist das lateinische Wort für *Lippen.*

Die Klitoris

Die Klitoris ist eine kleine Erhebung aus Gewebe von der Größe einer Erbse. Wenn die Klitoris berührt und gestreichelt wird, entsteht ein angenehmes Gefühl, ein lustvolles Prickeln. Der ganze Körper reagiert erregt, fühlt sich warm und „sexy".

Die Öffnung der Harnröhre

Die Öffnung der Harnröhre (Urethra) ist recht klein. Die Harnröhre ist kein weibliches Sexualorgan, sondern, wie der Name schon sagt, eine Röhre, durch die der Urin (Harn) den Körper verläßt.

BIOLOGISCHE FAKTEN: Urin ist ein Abfallprodukt des Körpers; Flüssigkeit aus Speisen und Getränken, die nicht vom Körper verbraucht wurde. Urin ist die einzige Flüssigkeit, die durch die weibliche Harnröhre fließt.

Der Scheideneingang

Die Vagina (Scheide) stellt eine Verbindung zwischen der Gebärmutter (dem Uterus), einem inneren weiblichen Geschlechtsorgan, und der Außenseite des weiblichen Körpers dar. Der Scheideneingang ist größer als die Öffnung der Harnröhre.

BIOLOGISCHE FAKTEN: Ein dünnes Stück Haut, Jungfernhäutchen (Hymen) genannt, bedeckt einen Teil des Scheideneinganges. Während ein Mädchen heranwächst, wenn sie sportlich aktiv ist oder wenn sie das erste Mal Geschlechtsverkehr hat, dehnt sich das Jungfernhäutchen und reißt ein bißchen ein, so daß sich der Scheideneingang etwas vergrößert.

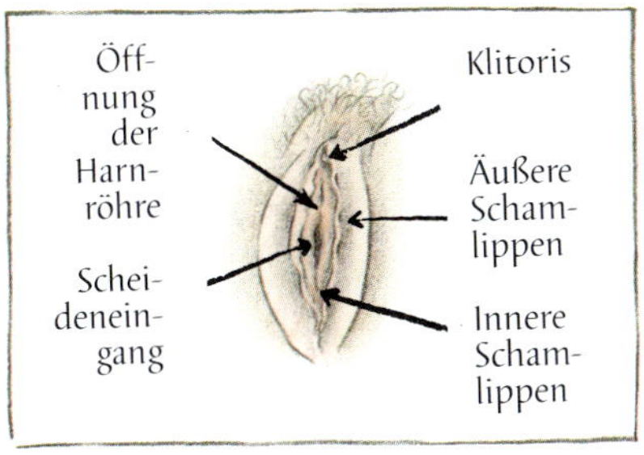

Vulva

Der After (Anus)

Der After ist eine kleine Öffnung, durch die Kot – feste Abfallstoffe – den weiblichen Körper verläßt.

BIOLOGISCHE FAKTEN: Kot besteht aus den festen Abfallstoffen des Körpers, die von der Nahrung übrigbleiben und vom Körper nicht verwertet werden können. Er verläßt den weiblichen Körper auf demselben Wege wie den männlichen. Kot wird, bevor er den Körper durch den After verläßt, im Darm aufbewahrt.

Also, von vorne nach hinten gibt es drei Öffnungen zwischen den Beinen einer Frau: die Öffnung der Harnröhre, den Scheideneingang und den After. Wenn ein Mädchen oder eine Frau wissen will, wie diese Öffnungen aussehen, kann sie einen Spiegel zwischen ihre Beine halten und nachschauen.

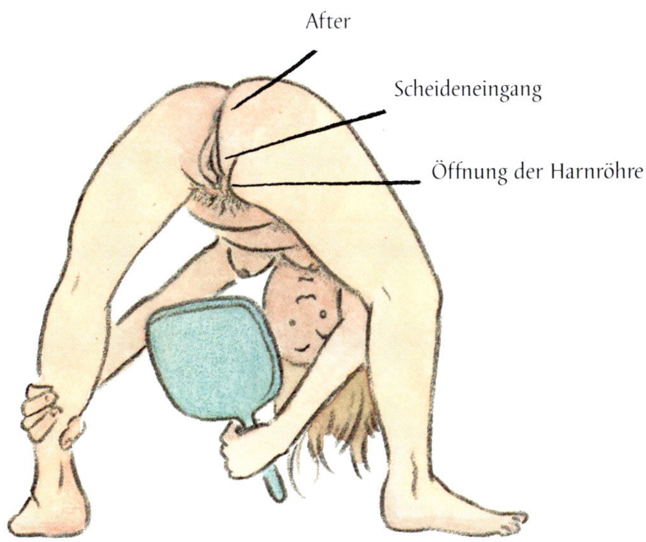

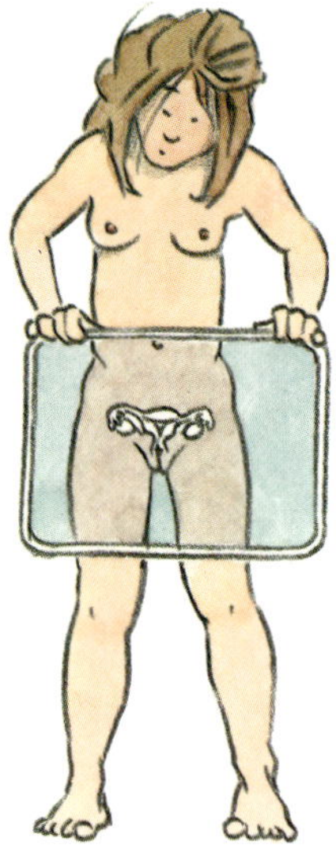

Wenn du in den weiblichen Körper hineinsehen und somit die inneren weiblichen Geschlechtsorgane betrachten könntest, dann würdest du zwei Eierstöcke, zwei Eileiter, die Gebärmutter und die Vagina erkennen können.

Die Eierstöcke

Die beiden Eierstöcke, einer auf jeder Seite der Gebärmutter, haben die Größe von dicken Erdbeeren. Die Eierstöcke enthalten die Eizellen der Frau, auch Eier oder *ova* genannt. Ein einzelnes

Ei heißt *ovum*.

BIOLOGISCHE FAKTEN: Bei der Geburt enthalten die Eierstöcke eines Mädchens bereits eine erstaunliche Anzahl von Eizellen – so zwischen einer und zwei Millionen. Aber diese Eizellen sind noch nicht „erwachsen" genug, um befruchtet werden zu können. Erst in der Pubertät ist es dann soweit. Die weibliche Pubertät ist

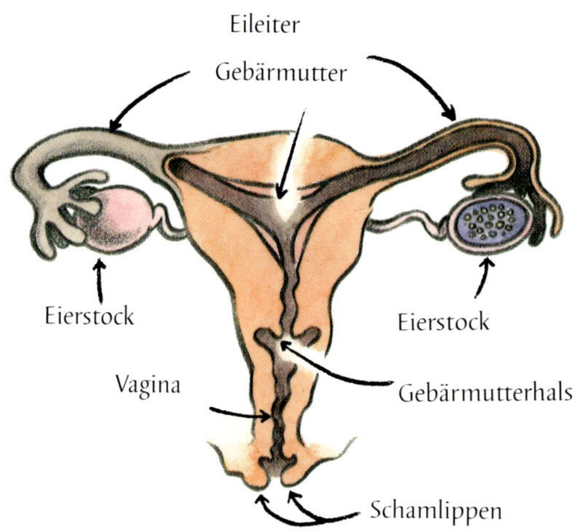

die Zeit, in der der Körper eines Mädchens sich zu dem einer jungen Frau entwickelt; sie beginnt zwischen dem 9. und dem 13. oder 14. Lebensjahr. In der Pubertät hat ein Mädchen zwischen drei- bis vierhunderttausend Eizellen. Ab ungefähr 50 Jahre und älter können die Eizellen einer Frau nicht mehr befruchtet werden.

Die Eileiter

Über einen der beiden Eileiter finden befruchtungsfähige Eier ihren Weg in die Gebärmutter. Ein Ende des jeweiligen Eileiters berührt beinahe den jeweiligen Eierstock, das andere Ende ist mit der Gebärmutter verbunden. Jeder Eileiter ist zwischen 7,5 und 8,0 Zentimetern lang. Der äußere Umfang kann so groß wie der eines Strohhalms sein.

Die Gebärmutter

Die Gebärmutter besteht aus starken Muskeln und ist innen hohl. Sie hat die Größe und Form einer kleinen, auf den Kopf gestellten Birne und ist mit beiden Eileitern und dem inneren Ende der Vagina verbunden.

BIOLOGISCHE FAKTEN: Die Gebärmutter ist der Ort, an dem ein Kind, erst Embryo, später Fötus genannt, heranwächst, genährt und geschützt wird. Der Fötus wächst in der Gebärmutter heran, die sich mit dem größer werdenden Fötus dehnt, bis nach ca. neun Monaten das Kind zur Welt kommen kann. Die Gebärmutter wird auch manchmal Mutterleib oder Schoß genannt.

Der Gebärmutterhals

Der Gebärmutterhals, auch Muttermund genannt, ist eine kleine Öffnung im unteren Teil der Gebärmutter. Er verbindet die Gebärmutter mit dem oberen Ende der Vagina. Diese Öffnung dehnt sich weit, wenn der Zeitpunkt der Geburt eines Kindes naht.

Die Vagina (Scheide)

Die Vagina ist die Verbindung zwischen der Gebärmutter und dem äußeren weiblichen Körper.

BIOLOGISCHE FAKTEN: Ein Kind „reist" durch die Vagina, wenn es auf die Welt kommt. Sie ist auch der Durchgang, durch den eine kleine Menge Blut und Gewebe die Gebärmutter einmal im Monat verlassen. Diese geringfügige, normale Blutung wird *Menstruation*, *Regel* oder *Periode* genannt. Sie beginnt, wenn ein Mädchen in die Pubertät kommt. Die Vagina ist aber auch die Stelle, in die der Penis während des Geschlechtsverkehrs hineinpaßt.

Kapitel 8

Außen und Innen

Die männlichen Geschlechtsorgane

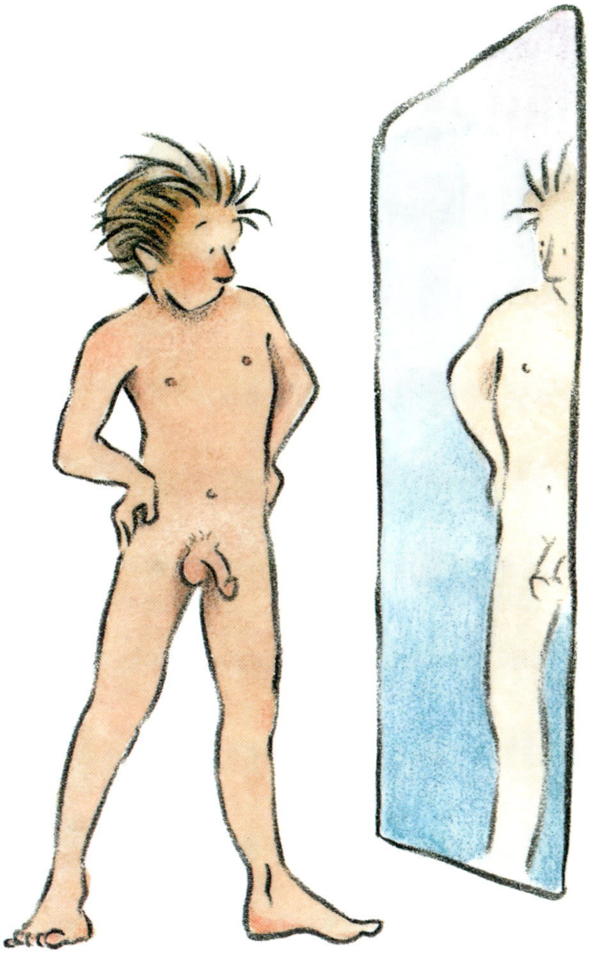

Die äußeren männlichen Sexualorgane, der Penis und der Hodensack (letzterer enthält die zwei Hoden), sind leicht erkennbar, wenn ein Junge (oder ein Mann) nackt ist, da sie zwischen seinen Beinen hängen.

Der Hodensack

Der Hodensack (Skrotum) ist ein weicher Sack aus runzliger Haut, der die zwei pflaumenförmigen Hoden bedeckt, schützt und hält.

Der Penis

Der Penis besteht aus weichem, schwammigem Bindegewebe und aus Blutgefäßen. Urin – flüssiger Abfallstoff – verläßt den männlichen Körper durch eine schmale Öffnung an der Spitze des Penis. Das Penisende wird als Eichel bezeichnet. Wird der Penis berührt und gestreichelt, verursacht dies ein erotisches, schönes Gefühl, ein lustvolles Prickeln, warm und „sexy".

BIOLOGISCHE FAKTEN: Im allgemeinen ist der Penis weich und hängt über dem Hodensack. Manchmal aber wird er steif und hart, größer und länger und steht vom Körper ab. Man bezeichnet dies als *Erektion*.

BIOLOGISCHE FAKTEN: Alle Männer werden mit einem Hautteil geboren, das die Spitze des Penis bedeckt und als *Vorhaut* bezeichnet wird. Manchen männlichen Kindern wird wenige Tage nach ihrer Geburt diese Vorhaut durch einen Arzt entfernt (Beschneidung) oder bei einer religiös begründeten Beschneidung durch eine besonders ausgebildete Person. Obwohl ein beschnittener Penis anders aussieht als ein unbeschnittener, funktionieren beide in gleicher Weise und gleich gut.

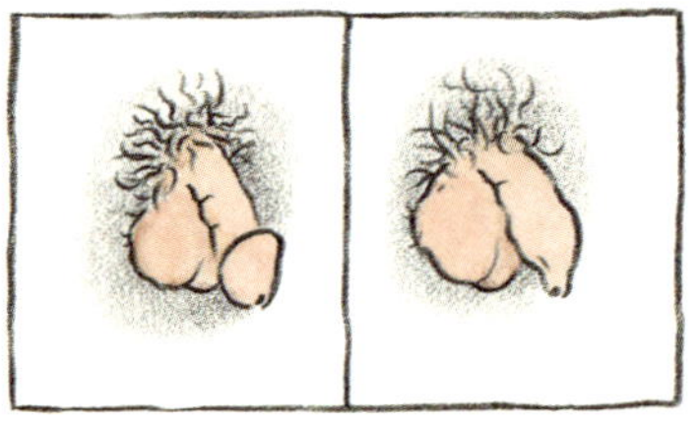

Beschnittener Penis — Unbeschnittener Penis

Der After (Anus)

Der After ist eine schmale Öffnung, durch die der Kot – fester Abfall – den männlichen Körper verläßt.

BIOLOGISCHE FAKTEN: Kot besteht aus den festen Abfallstoffen des Körpers, die von der Nahrung übrigbleiben und vom Körper nicht verwertet werden können. Er verläßt den männlichen Körper auf dieselbe Art und Weise wie den weiblichen. Diese festen Abfallstoffe werden im Darm gelagert, bevor sie den Körper durch den After verlassen.

Von vorne nach hinten gibt es beim männlichen Körper also zwei Öffnungen: die kleine Öffnung an der Penisspitze und der After. Wenn du aber in den männlichen Körper hineinsehen könntest, um die inneren Sexualorgane zu betrachten, würdest du die zwei Hoden und eine Anzahl von miteinander verbundenen Röhren und Drüsen erkennen.

Die Hoden

Die Hoden sind weich und „flutschig". Bedeckt und geschützt werden sie vom Hodensack. Ein Hoden hängt immer etwas weiter runter als der andere. Vor der Pubertät hat jeder Hoden etwa die Größe einer Murmel. Während der Pubertät haben sie ungefähr die Größe einer Walnuß oder eines kleinen Balls. Darum werden sie auch oft als „Eier", „Nüsse" oder „Klicker" bezeichnet.

Hoden

BIOLOGISCHE FAKTEN: Die männlichen Samenzellen werden in den Hoden produziert. Anders als die weiblichen Eizellen, die von Geburt an vorhanden sind, entstehen Samenzellen erst, wenn ein Junge in die Pubertät kommt. Die Pubertät ist die Zeit, in der der Körper eines Jungen sich zu dem eines jungen Mannes verändert. Dies geschieht in der Zeit zwischen dem 11. und 16. Lebensjahr. Dann beginnt ein Junge, Samenzellen zu produzieren. Männliche Samenzellen werden auch Spermien genannt und können bis ins hohe Alter vom männlichen Körper produziert werden.

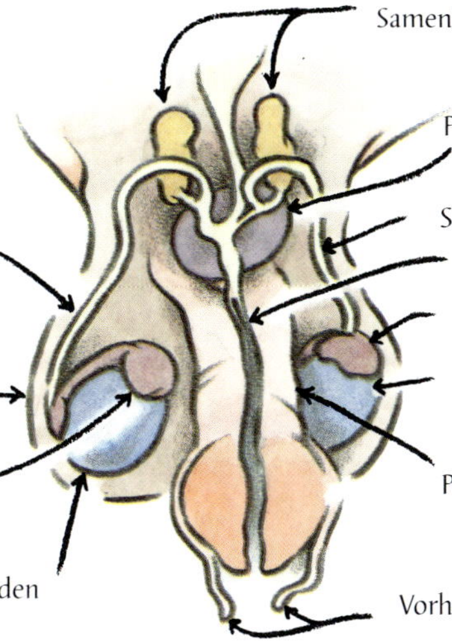

Die Nebenhoden
Jeder Hoden ist mit seiner eigenen röhrenförmigen Struktur, Nebenhoden genannt, verbunden. Spermien wandern durch die Nebenhoden auf ihrem Weg zu den Samenleitern. Jeder Nebenhoden hat ungefähr die Form eines Telefonhörers, ist aber viel kleiner.

Nebenhoden

BIOLOGISCHE FAKTEN: Jeder Nebenhoden ist eine eng gewundene dünne Röhre, die sechs Meter lang wäre, würde man sie aufwickeln.

Die Samenleiter
Die zwei Samenleiter sind jeweils etwa einen halben Meter lang. Jede dieser langen, engen, elastischen und ziemlich geraden Röhren beginnt an den Nebenhoden und windet sich bis zur Harnröhre. Die zwei Samenleiter sind ungefähr so beweglich wie gekochte Spaghetti.

BIOLOGISCHE FAKTEN: Spermien wandern von jedem Hoden durch die Nebenhoden und die Samenleiter.

Samenleiter

Die Samenblasen und die Prostata (Vorsteherdrüse)
Die beiden Samenbläschen und die Vorsteherdrüse produzieren Flüssigkeit, die man als Samenflüssigkeit bezeichnet, nachdem sie sich mit den Spermien verbunden hat. Die Spermien wandern in dieser Flüssigkeit zur Harnröhre und durch sie hindurch.

Die Harnröhre
Die Harnröhre ist eine lange, schmale Röhre, die Urin von seinem Aufbewahrungsort, der Blase, transportiert. Sie führt durch den Penis hindurch bis zur Öffnung an seiner Spitze. Sie ist somit ein Durchgang für Urin und Samen.

BIOLOGISCHE FAKTEN: Urin (Harn) ist flüssiger Abfall des Körpers, eine Flüssigkeit, die der Körper beim Verwerten von Nahrung und Getränken nicht gebrauchen kann und somit ausscheidet.

BIOLOGISCHE FAKTEN: Samen, der die Spermien transportiert, wird vom männlichen Körper durch die Penisöffnung herausgespritzt. Dies wird als *Ejakulation* bezeichnet. Möglich wird sie erst nach dem Einsetzen der Pubertät. Samen und Urin kommen aus der gleichen Öffnung an der Penisspitze. Wenn ein Mann ejakuliert, ziehen sich Muskeln zusammen, um zu verhindern, daß Urin und Samenflüssigkeit gleichzeitig den Penis verlassen.

Kapitel 9

Ausdrücke

Über Körper und Sex reden

Kinder, Teenager und Erwachsene benutzen alle möglichen Wörter zur Bezeichnung von Körperteilen und Sex. Manche davon sind wissenschaftliche Begriffe. Andere sind unwissenschaftlich – gewöhnliche, alltägliche Wörter, um über Körper und Sex zu reden. Einige sind nett,

andere komisch und manche grob.

Alltagssprache bzw. Umgangssprache wird häufig mit dem englischen Wort *Slang* bezeichnet. Grobe und verächtliche Wörter für Sex und Teile des Körpers werden oft „schmutzig" genannt. Witze über Körper und Sex bezeichnet man deshalb auch als „schmutzige Witze".

Manche Leute meinen, daß es spaßig ist, schmutzige Wörter zu benutzen und Witze über Körper und Sex zu machen. Andere empfinden es als peinlich und unangenehm, solche Wörter zu hören. Es ist wichtig, die Gefühle anderer Menschen in bezug auf schmutzige Witze oder Wörter zu respektieren.

Manche weigern sich, an Sex zu denken oder darüber zu sprechen. Vielleicht fühlen sie sich unbehaglich bei Gesprächen über Sex, weil sich die Geschlechtsteile von Männern und Frauen unterscheiden. Viele aber sind sich einig darüber, daß es beruhigend und hilfreich sein kann, über diese Dinge mit jemandem, den man kennt und dem man vertraut, zu reden – mit Freunden, Eltern oder älteren Geschwistern.

Ein Witz

Wenn du einen Witz nicht verstehst oder „raffst“, kannst du immer jemanden bitten, ihn dir zu erklären.

Teil 3
Pubertät

Kapitel 10
Signale und Veränderungen
Pubertät und Hormone

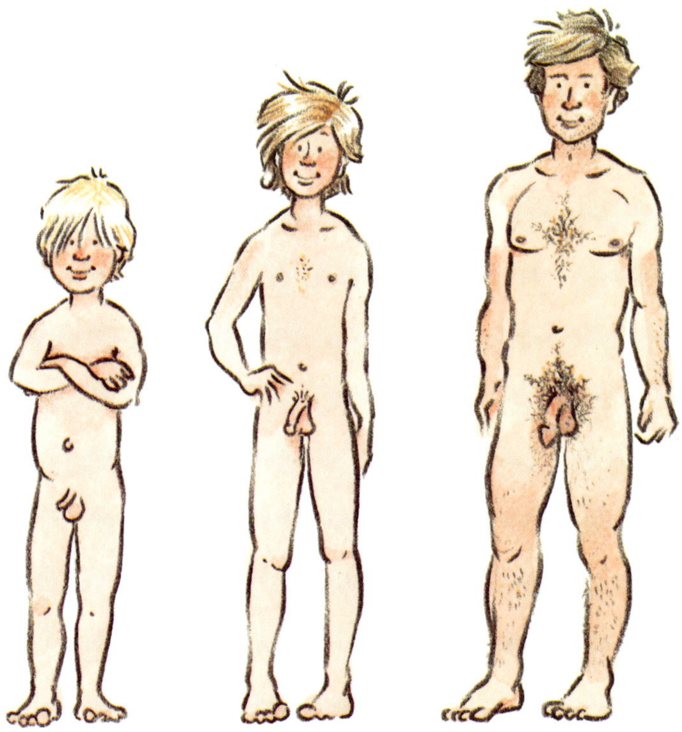

Unser Körper verändert sich vom Zeitpunkt der Geburt an, und dies das ganze Leben lang. Er verändert sich, weil alles Lebendige wächst und sich verändert. Während einer bestimmten Phase, im Alter zwischen 9 und 15 Jahren, ändert sich bei Mädchen und Jungen mehr, als daß sie nur wachsen und größer werden. Mädchen werden langsam zu jungen Frauen und Jungen zu jungen Männern.

Pubertät ist eine der Bezeichnungen für diesen Lebensabschnitt. Das Wort *Pubertät* kommt vom lateinischen *pubertas* und bedeutet *ausgewachsen* oder *erwachsen.* Es umschreibt all die körperlichen Veränderungen, die sich während dieser Zeit vollziehen. Die meisten dieser Veränderungen ermöglichen es Frauen und Männern, ein Kind zu zeugen.

Ein anderes Wort für die betreffende Entwicklungsphase ist *Adoleszenz*. Dieses Wort kommt vom lateinischen *adolescere* und bedeutet *erwachsen werden*. Adoleszenz umschreibt nicht nur die körperlichen Veränderungen dieser Zeit, sondern auch die seelischen, die Veränderungen in den zwischenmenschlichen Beziehungen und das sich entwickelnde Verantwortungsgefühl.

Auch wenn *Adoleszenz* und *Pubertät* so betrachtet unterschiedliche Bedeutungen haben, werden sie oft wie austauschbar benutzt. *Pubertät* oder *Adoleszenz* ist eine Phase, in der Mädchen und Jungen zwar keine Kinder mehr sind, aber auch noch keine Erwachsenen.

Mädchen kommen oft im Alter von 9, 10 oder 11 Jahren in die Pubertät, Jungen in der Regel ungefähr ein Jahr später, wenn sie also 10, 11 oder 12 Jahre alt sind. Die Pubertät erstreckt sich bei den meisten Jugendlichen über ein paar Jahre. Dies läßt ihnen Zeit, sich an ihre erwachsenen Körper zu gewöhnen.

Die vielen Veränderungen, die während der Pubertät in unserem Körper stattfinden, werden durch Hormone verursacht. Hormone sind chemische Substanzen, die an vielen verschiedenen Stellen des Körpers produziert werden. Sie wandern im Blut von ihrem Herstellungsort dorthin, wo sie ihre Aufgaben verrichten. Das Wort *Hormon* kommt vom griechischen *hormon*, das *in Bewegung setzen* bedeutet, *etwas in Gang setzen*. Es gibt viele verschiedene Hormone, die alle eigene Aufgabenbereiche in unserem Körper haben.

Während der Pubertät „sendet" der Teil des Gehirns, der die Bildung der verschiedenen Hormone steuert, eine Nachricht an die Geschlechtsorgane – die Hoden des Jungen oder die Eierstöcke des Mädchens – und fordert sie auf, Sexualhormone zu produzieren.

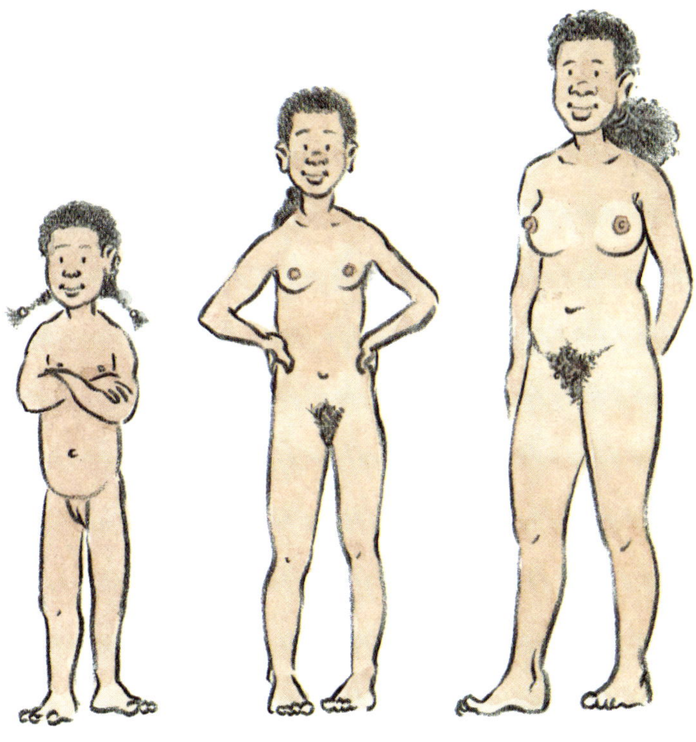

Die Sexualhormone im männlichen Körper signalisieren den Hoden, Spermien herzustellen, während sie im weiblichen Körper die Eierstöcke auffordern, ein Ei loszuschicken.

Die Sexualhormone bewirken, daß sich insgesamt die Körper verändern und Kinder langsam zu Erwachsenen werden – und somit wiederum selbst Kinder zeugen können.

Mit der Produktion der Sexualhormone beginnt die Pubertät. Einige Sexualhormone sorgen für Veränderungen in und um die Geschlechtsorgane von Mädchen und Jungen, andere wiederum bewirken Veränderungen im ganzen Körper. Sexualhormone beeinflussen aber auch die Gefühle und Stimmungen von Mädchen und Jungen.

In einigen Kulturen, Religionen, Gemeinschaften und Familien feiert man den Beginn der Pubertät von Mädchen und Jungen. Die Pubertät bekommt hier eine besondere Bedeutung auf dem Weg zum Erwachsenwerden. Andere Kulturen wiederum betrachten diese Zeit als ganz normalen Lebensabschnitt.

Kapitel 11

Ein Ei unterwegs

Weibliche Pubertät

„Fangt an, weibliche Sexualhormone zu produzieren!“ Diesen Befehl gibt das Gehirn, genauer die Hirnanhangdrüse, mit Hilfe des Hormons FSH (Follikelstimulierendes Hormon) an die Eierstöcke. Daraufhin bilden diese die beiden Hormone Östrogen und Progesteron, die wiederum die Aufgabe haben, die Eizellen, die sich seit der Geburt in den Eierstöcken befinden, heranreifen zu lassen. In der Regel entwickelt sich nur ein Ei oder eine Eizelle.

Mit Beginn der Pubertät reifen jeden Monat in einem der Eierstöcke einige Eizellen heran, jedoch wird fast immer nur eine Eizelle reif. So eine Eizelle hat ungefähr die Größe eines Sandkorns.

Diese Eizellen sind weibliche Geschlechtszellen. Während eines Lebens werden ungefähr 400 bis 500 Eizellen oder Eier reif. Dieser

Vorgang wird als Eisprung oder Ovulation bezeichnet. *Ovulation* kommt vom lateinischen *ovum* und bedeutet *Ei*.

Jeden Monat wird eine Eizelle (selten zwei) von einem der Eierstöcke freigesetzt und von kleinen, fingerartigen Fortsätzen in einen der Eileiter befördert. Und hier, in einem der Eileiter, beginnt ihre ca. 4 Tage dauernde Reise in Richtung Gebärmutter. Der Eileiter ist auch der Ort, wo eine Eizelle eine Samenzelle treffen und sich mit ihr verschmelzen kann. Die Vereinigung einer Eizelle mit der Samenzelle wird Empfängnis oder Befruchtung genannt und ist der Beginn neuen Lebens, eine Zelle, aus der sich ein Kind entwickelt.

Das befruchtete Ei reist weiter durch den Eileiter zur Gebärmutter, wo das weibliche Sexualhormon Progesteron bereits dafür gesorgt hat, daß sich eine weiche Schicht bildet, die das Ei aufnehmen kann. Das befruchtete Ei nistet sich in dieser Schicht der Gebärmutter ein. Diese weiche, dick ausgepolsterte, mollige Schicht besteht aus einer speziellen Schleimhaut, Blutgefäßen und Flüssigkeit und ist so beschaffen, daß das befruchtete Ei einen sicheren Platz hat, um heranzuwachsen.

Wenn das Ei befruchtet worden ist, nistet es sich in der Gebärmutter ein, bleibt dort – und wächst zu einem Kind heran. Meistens wird das Ei allerdings nicht befruchtet. Wenn sich die Eizelle nicht innerhalb von 24 bis 36 Stunden, nachdem sie den Eierstock verlassen hat, mit einer Samenzelle vereinigt, bleibt sie nicht in der Gebärmutter.

Statt dessen wird die Eizelle in der Gebärmutter zerstört, vermischt sich mit Blut und der nicht mehr benötigten, dick ausgepolsterten Schleimhaut der Gebärmutter und verläßt durch die Vagina den weiblichen Körper.

Dieser monatliche Vorgang, das Abstoßen der unbefruchteten Eizelle, wird als Menstruation bezeichnet.

Das Wort *Menstruation* kommt vom lateinischen *mensis* und bedeutet *Monat*.

Die Zeitspanne vom Beginn der Menstruation bis zum Beginn der nächsten wird als Menstruationszyklus bezeichnet.

Normalerweise beginnen Mädchen zu menstruieren, sobald ihre Eierstöcke Eier freisetzen. Von diesem Zeitpunkt an kann ein Mädchen beim Geschlechtsverkehr schwanger werden.

Bei einigen Mädchen werden sogar Eizellen freigesetzt, noch bevor die Menstruation eintritt. Das bedeutet also, daß ein Mädchen schwanger werden könnte, noch bevor es zu menstruieren begonnen hat. Allerdings kommt das äußerst selten vor. Die meisten Mädchen fangen an zu menstruieren, wenn sie 11 oder 12 Jahre alt sind. Aber auch wenn sie ihre erste Menstruation schon mit 9 oder erst mit 15 erleben, ist das nicht ungewöhnlich.

Mädchen sind bei der ersten Regelblutung oft besorgt darüber, daß plötzlich eine große Menge Blut über die Vagina den Körper verläßt. Tatsächlich scheidet der Körper über mehrere Tage (zwischen 3 und 8 Tagen) nur wenige Teelöffel, ungefähr 1/8 Liter Menstruationsflüssigkeit, langsam aus. Wenn es einmal mehr und einmal weniger ist, ist das völlig normal.

Da dieser Vorgang sich über mehrere Tage erstreckt, bezeichnet man die Menstruation auch mit „die Tage haben" oder mit „Periode", andere wiederum umschreiben sie mit „Regel" oder „Erdbeerwoche". Aber ganz egal, welche Bezeichnung verwendet wird: die Menstruation ist ein natürlicher, gesunder Vorgang.

Wenn Mädchen zu menstruieren beginnen, kommt ihre Periode zunächst unregelmäßig, manchmal im Abstand von einigen wenigen, manchmal aber auch von mehreren Wochen. Oft dauert es bis zu zwei Jahre, bis die Periode eines Mädchens regel-

EIN EI UNTERWEGS: MENSTRUATION

IN DER PUBERTÄT BEFIEHLT DAS GEHIRN DEN EIERSTÖCKEN, ÖSTROGEN ZU PRODUZIEREN. DIESES VERANLASST DIE EIZELLEN ZU REIFEN.

UND DANN, UNGEFÄHR EINMAL IM MONAT, VERLÄSST EIN EI EINEN EIERSTOCK UND SPRINGT IN EINEN EILEITER,

WO ES WARTET, BEVOR ES IN DIE GEBÄRMUTTER REIST.

DORT LÖSEN DAS EI UND DIE GEBÄRMUTTER-SCHLEIMHAUT SICH AUF UND WERDEN AUSGESTOSSEN. IM NÄCHSTEN MONAT . . .

mäßig, d.h. ungefähr einmal im Monat, kommt. Bei einigen Mädchen und Frauen ist die Periode nie regelmäßig, und auch das ist nichts Ungewöhnliches.

Die meisten Frauen und Mädchen setzen ihre üblichen Aktivitäten während der Menstruation fort; sie baden, duschen, schwimmen, treiben Sport, tanzen und machen all das, was sie auch sonst gerne tun. Einige Mädchen und Frauen bekommen vor und während ihrer Periode Krämpfe oder leichte Druckschmerzen im Bereich der Gebärmutter. Diese Krämpfe sind normalerweise nicht besorgniserregend.

Verschiedene äußere Einflüsse, wie Reisen, Leistungssport, Gewichtsverlust oder -zunahme, Krankheit oder psychische Belastungen und Streß können dazu führen, daß der Menstruationszyklus unregelmäßig wird. Wird eine Frau schwanger, setzt die Periode bis nach der Geburt des Kindes aus.

Im Alter von ungefähr 50 Jahren produziert der weibliche Körper weniger Sexualhormone. Die Folge davon ist, daß die Eierstökke keine Eizellen mehr freisetzen und somit auch die Menstruation aufhört. Dieser Zeitabschnitt im Leben einer Frau wird als Menopause, umgangssprachlich auch Wechseljahre, bezeichnet. Mit dem Ende der Menstruationszyklen kann eine Frau auch nicht mehr schwanger werden.

Während der Periode verwenden Frauen und Mädchen Binden oder Tampons, die die aus der Vagina austretende Flüssigkeit aufnehmen. Damit wird verhindert, daß diese in die Kleidung gelangt. Du solltest benutzen, was dir am angenehmsten ist.

Damenbinden und Tampons bestehen aus einem hygienischen, weichen baumwollartigen Material und saugen die Menstruationsflüssigkeit auf. Eine Binde wird in den Slip eingelegt, direkt an die Vaginaöffnung. Die meisten Binden haben auf der Rückseite einen Klebestreifen, damit sie nicht verrutschen.

Tampons werden in die Vagina

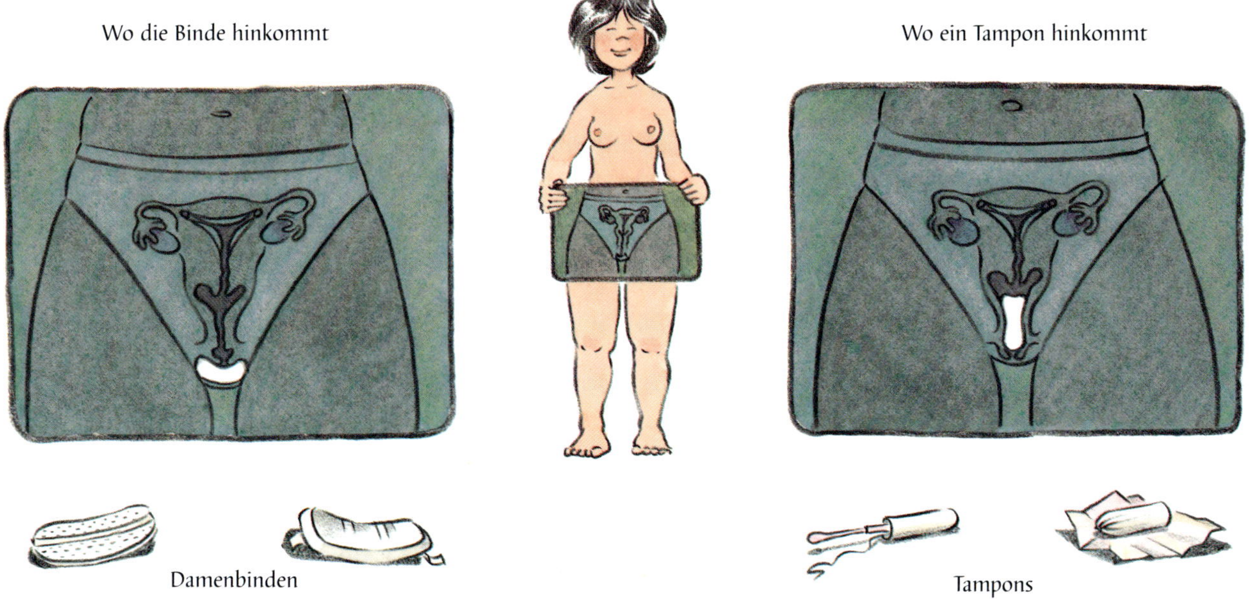

eingeführt und ermöglichen völlige Bewegungsfreiheit. Sie können nicht in die Gebärmutter gelangen, weil die Öffnung zum Gebärmutterhals viel zu schmal ist, um den Tampon durchzulassen.

Wenn ein Mädchen erfahren möchte, wann ihre erste Periode zu erwarten ist, kann sie beispielsweise ihre Mutter fragen. Hat die Mutter selbst ihre erste Menstruation früh bekommen, dann ist es wahrscheinlich, daß auch die Tochter früh zu menstruieren beginnt. Hat ihre Mutter die erste Periode relativ spät bekommen, ist anzunehmen, daß dies bei der Tochter auch so sein wird.

Es kann sehr aufschlußreich sein, mit jemandem über die Menstruation zu sprechen – vielleicht mit der Mutter, Großmutter oder Tante, einer älteren Freundin oder Cousine. So läßt sich zum Beispiel herausfinden, was für ein Gefühl das ist und was man tun muß, um sich auf die erste Periode vorzubereiten, wo man Binden oder Tampons bekommt und wie man sie benutzt. Verfügt man über diese Informationen, ist man gut auf die erste Regelblutung vorbereitet, egal, ob sie eintritt, wenn man zuhause ist, unterwegs mit Freunden oder in der Schule. Für den Fall, daß die Periode gerade dann beginnt, wenn man nicht zuhause ist, ist es sinnvoll, eine Binde oder einen Tampon in der Tasche zu haben.

Auch wenn ein Mädchen gut auf die erste Periode vorbereitet ist, die erste Regelblutung ist immer eine Überraschung. Einige Mädchen finden das sehr aufregend, andere wiederum erschrekkend. Ganz gleich, wie man sich dabei fühlt, der Beginn der Menstruation ist etwas völlig Normales und ein natürlicher Teil des Erwachsenwerdens. Die meisten Mädchen empfinden den Beginn der Menstruation als die größte Veränderung während der Pubertät.

Kapitel 12

Die Reise des Spermas

Männliche Pubertät

„Produziert das männliche Sexualhormon Testosteron!“ ist einer der Befehle, die das Gehirn eines Jungen während der Pubertät an dessen Hoden aussendet. Und die Hoden befolgen ihn prompt. Sie beginnen damit, Testosteron zu produzieren, und veranlassen somit, daß der männliche Körper wächst und sich vielfältig verändert.

Eine der wichtigsten Aufgaben des Testosterons ist das Produzieren von Spermien – eine völlig neue Funktion für die Hoden.

Spermien sind männliche Sexualzellen. Jungen beginnen, im Gegensatz zu Mädchen, nicht vor der Pubertät mit der Produktion von Sexualzellen. Mit Beginn der Pubertät produzieren die Hoden eine phänomenale Zahl von Spermien – ungefähr einhundert bis dreihundert Millionen Spermien pro Tag. Das sind ungefähr tausend bis dreitausend Spermien pro Sekunde.

Der Hodensack schützt die Hoden, so daß diese bei gleichmäßiger Temperatur – einige Grad unter Körpertemperatur, weder zu kalt noch zu heiß – Spermien produzieren können. Ist es zu kalt, zieht der Hodensack die Hoden näher an den Körper, um die richtige Wärme für die Produktion von Spermien zu garantieren. Wenn ein Mann oder ein Junge in kaltem Wasser schwimmt, bemerkt er, daß sich sein Hodensack zusammenzieht, um die Hoden in Körpernähe zu bringen. Ist es zu heiß, hängt der Hodensack locker herunter, um die richtige Temperatur für die Spermienproduktion herzustellen.

Wenn die Spermien produziert sind, wandern diejenigen vom rechten Hoden durch den rechten Nebenhoden und die vom linken durch den linken Nebenhoden. Während ihrer Wanderung erlangen die Spermien die Fähigkeit zur Befruchtung und zur Vereinigung mit einer weiblichen Eizelle.

Die Spermien passieren die Samenleiter und die Samenbläschen. Dabei vermischen sie sich mit Flüssigkeit aus den Samenbläschen und der Vorsteherdrüse. Diese Mischung wird nun als Samen(flüssigkeit) bezeichnet. Samen ist klebrig, trübe und weißlich.

Darin enthaltene chemische Stoffe schützen die Spermien, während sie in und durch die Harnröhre gelangen und aus der Penisöffnung austreten.

Spermien verlassen den männlichen Körper, wenn er Samenflüssigkeit ejakuliert. *Ejakulieren* bedeutet *etwas plötzlich freisetzen* oder *loslassen*. Bei der Ejakulation (Samenerguß) ist der Penis gewöhnlich erigiert.

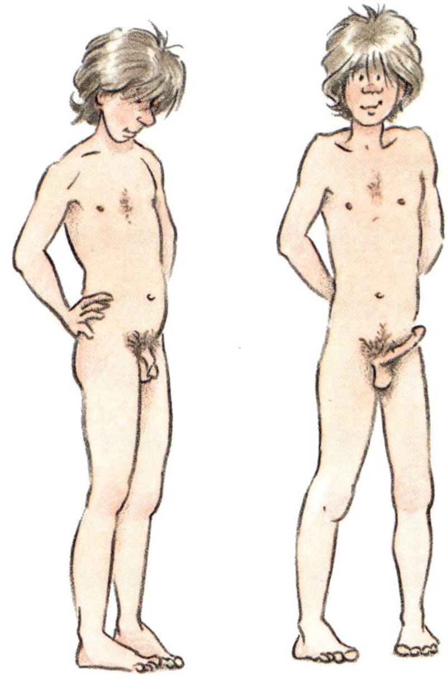

DIE REISE DES SPERMAS: EJAKULATION

IN DER PUBERTÄT BEFIEHLT DAS GEHIRN DEN HODEN, TESTOSTERON UND SPERMA ZU PRODUZIEREN.

DAS SPERMA REIST ZU DEN NEBENHODEN, WO ES HERANREIFT.

DANN WANDERT ES WEITER DURCH DIE SAMENLEITER, AN DEN SAMENBLÄSCHEN UND DER PROSTATA VORBEI, DURCH DIE

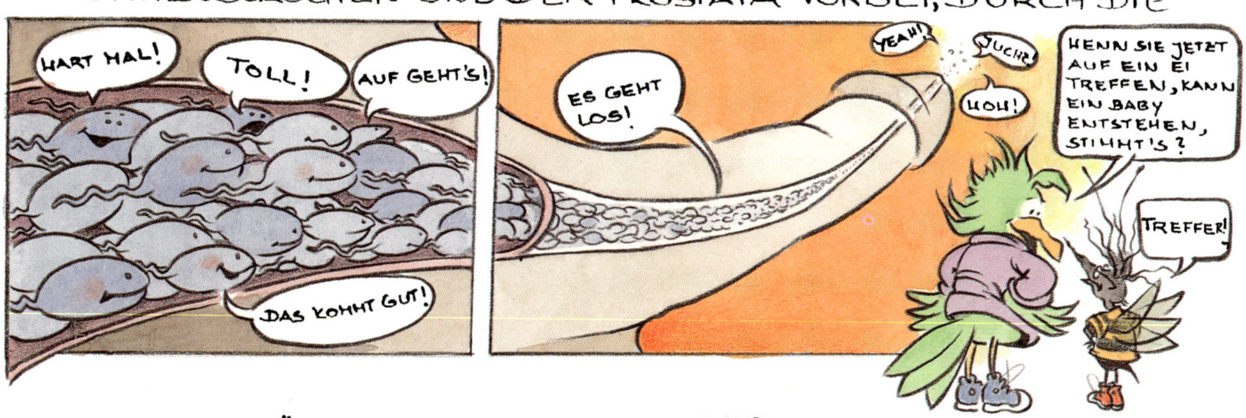

HARNRÖHRE UND WIRD AUS DER PENISSPITZE HERAUSGESPRITZT.

Was im männlichen Körper bei einer Erektion vor sich geht, ist folgendes: Wenn der Penis nicht erigiert ist, wird er normal durchblutet und das Blut fließt dann ständig wieder zurück in den Blutkreislauf. Aber wenn der Mann eine Erektion hat, dehnen sich bestimmte Muskeln, um mehr Blut in den Penis zu lassen, während andere Muskeln sich zusammenziehen und damit verhindern, daß das überschüssige Blut abfließen kann. Dieser Vorgang bewirkt, daß sich die Schwellkörper im Penis mit Blut füllen. Dadurch wiederum wird der Penis steif, richtet sich auf und steht vom Körper ab. Dieses Aufrichten wird als Erektion bezeichnet.

Wenn die Erektion nachläßt, entspannen sich die Muskeln und lassen das Blut aus dem Penis in den Blutkreislauf zurückfließen. Der Penis wird wieder weich.

Ein Mann kann eine Erektion haben, wenn der Penis berührt oder gestreichelt wird, wenn er an etwas Schönes denkt oder jemanden sieht, der in ihm lustvolle Gefühle hervorruft, bei einer erregenden Filmszene oder bei einem angenehmen Traum.

Oft haben Männer Erektionen, wenn sie aufwachen. Wenn die Blase – der Ort, an dem Urin im Körper aufbewahrt wird – gefüllt ist, reizt sie bestimmte Nerven am Penisende, wodurch vermehrt Blut in den Penis gelangt. Diese morgendliche Erektion hat kaum etwas mit sexuellen Gedanken und Empfindungen zu tun.

Männer haben gewöhnlich vor und während des Geschlechtsverkehrs eine Erektion. Eine Erektion ermöglicht es dem Penis, in die Vagina einzudringen. Bisweilen haben Jungen oder Männer ohne ersichtlichen Grund Erektionen, auch dann, wenn sie gerade keine haben möchten.

Die Erektion wird auch „einen Harten“ oder einen „Steifen haben“ genannt, obwohl es keine Knochen im Penis gibt. Erektionen können von einigen Sekunden bis zu einigen Minuten, aber auch bis zu einer halben Stunde oder länger anhalten. Babys haben ebenso Erektionen wie Männer im hohen Alter.

Was passiert im Körper eines Mannes während einer Ejakulation? Die Muskeln in jedem Nebenhoden, in jedem Samenleiter und den Samenbläschen sowie um die Prostata ziehen sich zusammen und pressen die Samenflüssigkeit in die Harnröhre. Dann wandert die Samenflüssigkeit, die Spermien enthält, durch die Harnröhre und wird durch die Penisöffnung herausgespritzt. Dieser Vorgang verursacht ein lustvolles Gefühl, das als Orgasmus bezeichnet wird.

Nach der Ejakulation wird der

Penis wieder weich und schlaff. Mit einer Ejakulation werden ungefähr zweihundert bis fünfhundert Millionen Spermien ausgestoßen – ungefähr ein Teelöffel Samenflüssigkeit.

Männer können Erektionen haben, ohne zu ejakulieren. Das Blut verläßt den Penis und fließt langsam in den Blutkreislauf zurück, die Erektion läßt nach, der Penis wird wieder weich und hängt zwischen den Beinen. Es kommt vor, wenngleich auch sehr selten, daß Männer ejakulieren, ohne eine Erektion gehabt zu haben.

Die Fähigkeit zu ejakulieren, beginnt während der Pubertät und hält sich bis ins hohe Alter. Ejakulationen haben Jungen oder Männer normalerweise während des Geschlechtsverkehrs. Sie können aber auch während einer anderen Form der sexuellen Betätigung und sogar im Schlaf vorkommen.

Oft haben Jungen während der Pubertät erste „feuchte Träume". „Feuchte Träume" provozieren eine Ejakulation im Schlaf, ausgelöst zum Beispiel durch einen erregenden, sexuellen Traum. Beim Aufwachen kann es dann sein, daß Pyjama oder Bettlaken feucht und klebrig von der ejakulierten Samenflüssigkeit sind.

Der wissenschaftliche Ausdruck für einen feuchten Traum ist *nächtlicher Orgasmus.* Feuchte Träume sind normale Vorgänge bei Jungen. Die erste Ejakulation geschieht oft während eines Traums.

Sobald der männliche Körper Spermien produziert, genügt es, wenn nur eines dieser Spermien sich mit einer Eizelle während des Geschlechtsverkehrs vereinigt, damit die Frau schwanger wird und sich aus der vereinigten Eizelle ein Kind entwickelt.

Viele Jungen empfinden die Fähigkeit zur Ejakulation als eine der größten Veränderungen in der Pubertät.

Kapitel 13

Nicht alles auf einmal!

Heranwachsen und körperliche Veränderungen

Während der Pubertät sorgen Sexualhormone dafür, daß Mädchen und Jungen nicht nur wachsen, sondern sich, über mehrere Jahre verteilt, auch ansonsten verändern.

Mädchen: Veränderungen in der Pubertät

- Die Eierstöcke werden langsam größer.
- Der Körper schwitzt mehr.
- Haut und Haare produzieren mehr Fett.
- Der Körper bekommt einen plötzlichen Wachstumsschub.
- Der Körper nimmt an Gewicht zu.
- Arme, Beine werden länger.
- Hände und Füße werden größer.
- Die Gesichtsknochen werden breiter und länger, und das Gesicht verliert sein kindliches Aussehen.
- Weiches dunkles Haar wächst im Schambereich, das später kraus, dicht und dick wird.
- Etwas klebrige, weißlich-gelbliche Flüssigkeit kann aus der Vagina austreten.

FAKTEN ZUR PUBERTÄT: Die klebrige weißlich-gelbliche Flüssigkeit, die aus der Vagina austritt, ist normal und dient dazu, die Vagina gesund zu erhalten.

- Die Hüften werden breiter.

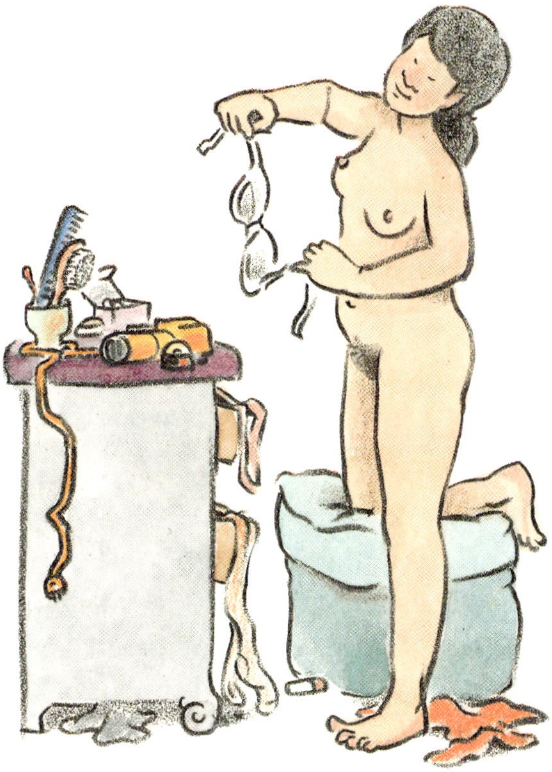

Der Körper nimmt allmählich Rundungen an.

FAKTEN ZUR PUBERTÄT: Die Hüften von Mädchen werden breiter, so daß, wenn sie sich später entscheiden, ein Kind zu bekommen, dieses genug Platz hat, um sich zu entwickeln und die Gebärmutter zu verlassen.

- Haare wachsen in den Achselhöhlen.
- Die Haare auf Armen und Beinen werden dichter und länger.
- Brüste und Brustwarzen werden allmählich größer und voller und spannen.

FAKTEN ZUR PUBERTÄT: Die Brüste und Brustwarzen eines Mädchen werden größer und voller, damit sie später in der Lage sind, Milch zu produzieren, um ein Kind zu ernähren.

- Die Brustwarzen nehmen eine dunklere Farbe an.
- Die Menstruation kann beginnen.

FAKTEN ZUR PUBERTÄT: Sobald die Eierstöcke größer geworden sind, setzen sie reife Eizellen frei und die Menstruation beginnt. Mit Beginn der Menstruation kann ein Mädchen schwanger werden.

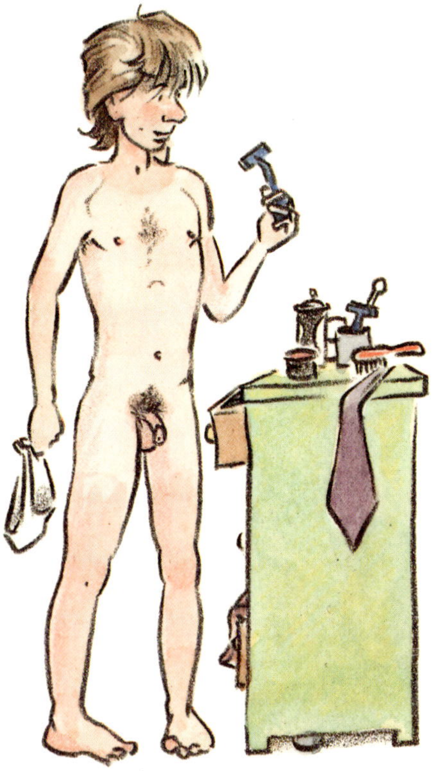

Jungen: Veränderungen in der Pubertät

- Die Hoden werden allmählich größer und voller.
- Der Penis wird allmählich größer und länger.
- Der Körper schwitzt mehr.
- Haut und Haare produzieren mehr Körperfett.
- Der Körper bekommt einen plötzlichen Wachstumsschub.
- Der Körper nimmt an Gewicht zu.
- Arme, Beine werden länger.
- Hände, Füße werden größer.
- Die Gesichtsknochen werden breiter und länger, und das Gesicht verliert sein kindliches Aussehen.
- Weiches dunkles Haar wächst im Schambereich, das später kraus, dicht und dick wird.
- In den Achseln wachsen Haare.
- Schultern und Brustkorb werden breiter.
- Die Muskeln entwickeln sich.
- Der Hodensack nimmt eine dunklere Farbe an.
- Barthaar fängt an zu wachsen.
- Die Haare auf Armen und Beinen werden dichter, länger.
- Haare wachsen auf der Brust.

FAKTEN ZUR PUBERTÄT: Manchmal fühlt sich die Gegend um die Brustwarzen wund an, sie kann sogar anschwellen. Dies wird durch Hormone verursacht, die während der Pubertät freigesetzt werden. Die Schwellung und das schmerzhafte Gefühl verschwinden nach einigen Monaten.

- Der Kehlkopf wird größer.
- Der Stimmbruch setzt ein, und die Stimme wird tiefer.
- Der Adamsapfel kann stärker hervortreten.

FAKTEN ZUR PUBERTÄT: Mit Eintritt des Stimmbruchs schwankt die Stimme, einmal ist sie ganz hoch, im nächsten Moment ganz tief und dann gleich wieder hoch. Aber nach einer gewissen Zeit klingt die Stimme dann tiefer und voller, da Kehlkopf und Stimmbänder gewachsen sind. Wenn der Kehlkopf wächst, kann er den Adamsapfel nach vorne schieben, der somit stärker hervortritt.

- Sperma wird produziert.
- Ejakulationen, einschließlich „feuchter Träume“, sind möglich.

FAKTEN ZUR PUBERTÄT: Sobald ein Junge in der Lage ist, Spermien zu produzieren, kann eine Frau, mit der er Geschlechtsverkehr hat, schwanger werden, vorausgesetzt, daß ihre Eierstöcke bereits Eizellen freisetzen können.

In diesem Alter verändern sich die Körper von Jungen und Mädchen dramatischer und schneller als zu irgendeiner anderen Zeit ihres Lebens, mit Ausnahme der allerersten Jahre.

Kapitel 14

Noch mehr Veränderungen

Auf den eigenen Körper achten

Die meisten körperlichen Veränderungen, die während der Pubertät stattfinden, bewirken, daß unser Körper in vielerlei Hinsicht auf neue Art und Weise funktioniert. Dies bedeutet auch, daß junge Leute lernen müssen, mit ihrem Körper umzugehen.

Bei Jungen und Mädchen wachsen während der Pubertät zum Beispiel in den Achselhöhlen Haare, und die Haare auf Armen und Beinen werden länger und dicker, insbesondere bei Jungen. Haare, die als Schamhaare bezeichnet werden, bilden sich bei Mädchen um die Vulva herum, bei Jungen am Penisansatz – direkt vor einem Knochen, der als Schambein bezeichnet wird.

Wie üppig die Haare bei Jungen während der Pubertät im Gesicht, auf Armen und Beinen und der Brust wachsen, ist sehr unterschiedlich: von spärlich bis sehr viel.

Manche Jungen und Mädchen fangen während der Pubertät an, sich zu rasieren. Für die meisten ist das Rasieren eine freiwillige Sache. Manche Mädchen entschließen sich dazu, die Haare in den Achselhöhlen und auf den Beinen zu entfernen, andere nicht. Manche Jungen rasieren sich Bart und Oberlippenbart, andere nicht.

Während der Pubertät produzieren die Schweißdrüsen mehr Schweiß als vorher. Sowohl Mädchen als auch Jungen schwitzen nun in den Achselhöhlen und entwickeln insgesamt einen neuen Körpergeruch.

Das ist einer der Gründe, weshalb Jungen und Mädchen sich während der Pubertät oft baden oder duschen und Körper und Haare häufig waschen. Dieser neue Körpergeruch ist oft das erste Anzeichen für den Beginn der Pubertät. Das Waschen mit Seife und das Benutzen von Deodorants helfen meist, den intensiven Körpergeruch loszuwerden.

Manche jungen Leute schwitzen mehr, andere weniger. Es ist wahrscheinlich, daß du ebenso intensiv schwitzt wie zum Beispiel dein Vater oder deine Mutter, als diese in der Pubertät waren.

Oft werden auch die Haare während der Pubertät fettig und es bilden sich Fettabsonderungen auf Nase und Stirn.

Während der Pubertät entwickeln die meisten Mädchen und Jungen Pickel im Gesicht – meist

auf Nase und Stirn, bisweilen aber auch auf dem Rücken oder der Brust. Obwohl umsichtiges tägliches Waschen mit Wasser und Seife ein gutes Hautpflegemittel ist, reicht dies manchmal nicht aus. Cremes, Lotions und Medikamente helfen dabei, die Pickel zu beseitigen. Sie sind in Drogerien und Apotheken meist ohne Rezept erhältlich, einige müssen jedoch vom Arzt verschrieben werden.

Obwohl niemand Pickel mag, sind sie dennoch völlig normal. Junge Leute haben Pickel, fettigere Haare und schwitzen mehr während der Pubertät, weil ihre

Talg- und Schweißdrüsen aktiver als zuvor sind.

Die Pubertät ist die Zeit, in der sich viele Mädchen entscheiden, einen BH zu tragen. BH steht für Büstenhalter.

Oft gehen Mädchen mit ihrer Mutter, Großmutter oder älteren Schwester, Tante oder einer Freundin los, um ihren ersten BH zu kaufen.

Es ist nicht erforderlich, einen BH zu tragen, damit die Brüste gesund bleiben. Frauen und Mädchen tragen einen BH, weil sie sich damit wohler fühlen. Einige tragen nur dann einen BH, wenn sie Sport treiben, andere immer, außer wenn sie schlafen. Egal, wie groß die Brüste einer Frau oder eines Mädchens sind, BHs sind in jeder Größe erhältlich. Sie werden mit Körbchen in verschiedenen Größen gefertigt, um verschieden großen Brüsten zu passen. Einige Mädchen und Frauen tragen nie einen BH.

Viele Jungen und Männer tragen Suspensorien beim Sport. Ein Suspensorium wird über Hoden und Penis gestreift, um sie vor Verletzungen zu schützen.

Bei Sportarten wie Eishockey können Männer eine Plastikschale, Unterleibsschutz genannt, auf das Suspensorium ziehen, um noch mehr Schutz für Hoden und Penis zu erreichen. Auch diese Schalen sind in verschiedenen Größen erhältlich.

Die Körper von Jungen und Mädchen ändern sich auf so vielfältige Art und Weise während der Pubertät, daß deren Pflege manchmal eine lästige Pflicht werden kann. Allerdings können gesunde Nahrung, sportliche Betätigung, regelmäßiges Waschen und genügend Schlaf dazu beitragen, daß man sich

während dieser ganzen Veränderungen wohlfühlt.

Kapitel 15
Mal so und mal so – Gefühle fahren Achterbahn
Neue und veränderte Gefühle

Die vielen Veränderungen, die während der Pubertät im Körper junger Leute vor sich gehen, sind häufig begleitet von neuen und starken Gefühlen, die das Aussehen, Funktionieren und Empfinden des Körpers betreffen, und von einer neuen Einstellung zum Erwachsenwerden und zur Sexualität.

Viele Jugendliche finden diese Veränderungen aufregend und fühlen sich großartig in ihrem Körper, genauso viele empfinden sie aber als überwältigend und sind schüchtern und gehemmt.

Die meisten jungen Menschen fühlen sich zu irgendeiner Zeit der Pubertät verwirrt und unbehaglich, ja manchmal sogar bedroht von den großen und teilweise rasanten Veränderungen.

Mädchen und Jungen beschäftigen sich oft mit der Frage nach der Größe bestimmter Körperteile. Doch ob klein, mittel oder groß, die Größe eines Körperteils hat überhaupt nichts damit zu tun, wie gut es funktioniert.

Richtig ist, daß verschiedene Körper sich verschieden entwikkeln. Manche Mädchen entwikkeln kleine Brüste, andere bekommen mittlere und wieder andere große Brüste. Manche Jungen haben einen kleinen Penis, andere einen mittleren und wieder andere einen großen Penis. Brüste und Penisse gibt es in allen Größen und Formen.

Ein Mädchen mit kleinen Brüsten mag in dieser Hinsicht nach ihrer Mutter, Großmutter oder einer anderen Verwandten geraten sein. Und ein Junge mit kleinem Penis könnte diese Veranlagung von seinem Vater, seinem Großvater oder einem anderen Verwandten geerbt haben. Die Größe eines Körperteils wird meistens innerhalb der Familie vererbt.

Auch der Beginn der Pubertät ist oft identisch mit dem naher Familienmitglieder des eigenen Geschlechts. Du kannst ja einmal deine Mutter oder deinen Vater oder andere Familienmitglieder fragen, wie die Pubertät für sie war und wann sie bei ihnen einsetzte. So könntest du Hinweise darüber bekommen, wie du dich wahrscheinlich entwickeln wirst.

Die Ungewißheit und Unsicherheit, wann denn nun *diese Pubertät* beginnt, beschäftigt Mädchen und Jungen. Der zeitliche Aspekt hat jedoch keinen Einfluß darauf, wie ein Körper einmal aussehen oder funktionieren wird.

Trotzdem kann es unter Freunden oder in deiner Klasse ganz schön schwer sein, entweder das erste oder letzte Mädchen zu sein, das die Periode bekommt oder einen BH trägt, der erste oder letzte Junge zu sein, der anfängt, sich zu rasieren oder dessen Stimme sich verändert, oder Kleinste oder Größte zu sein.

Leider ziehen sich Mädchen und Jungen gegenseitig damit auf, wie ihre Körper während der Pubertät aussehen und wie sie sich verändern. Es kann sein, daß Arme, Hände, Beine und Füße eines jungen Menschen wachsen, bevor der Rest des Körpers nachzieht.

Die Stimme eines Jungen kann mitten im Satz kippen und auf der Stirn eines Mädchens kann, ausgerechnet vor einer Party, ein Riesenpickel auftauchen. Oft sind das die Dinge, mit denen Mädchen und Jungen während der Pubertät gehänselt werden.

Oft haben Jugendliche in dieser Zeit Schwierigkeiten mit Freundschaften. Es ist die Zeit, in der einige zum ersten Mal verliebt sind und mit einem Jungen bzw. einem Mädchen „gehen".

Vielleicht interessiert sich eine deiner Freundinnen – eventuell sogar deine beste Freundin beziehungsweise einer deiner Freunde, vielleicht sogar dein bester Freund – plötzlich sexuell für jemand anderen, während dich diese Dinge (noch) völlig kaltlassen. Oder jemand aus deinem Freundeskreis „geht" mit einem

Jungen bzw. einem Mädchen, oder du selbst hast nun eine Freundin bzw. einen Freund und deine anderen Freunde bzw. Freundinnen noch nicht.

Manchmal sind junge Leute unglücklich oder eifersüchtig, wenn ihre Freundin oder ihr Freund mit jemandem „geht" und viel Zeit mit ihm oder ihr verbringt. Obwohl viele Freundschaften die Pubertät überdauern, verändern sich doch manche in dieser Zeit.

Freunde und Freundinnen sind oft Anlaß für Hänseleien während der Pubertät. Kein Wunder also, wenn bei Mädchen und Jungen so viele unterschiedliche Gefühle entstehen. Sie sind oft launisch oder mürrisch, ja sogar den Tränen nahe und weinen mehr als sonst. In dieser Zeit ändern sich Launen jedoch schnell wieder. Man kann in einem Moment lachen und im nächsten schon wieder weinen.

Diese verschiedenen Gefühle gehen hin und her, auf und ab wie ein Jojo. Die erhöhte Aktivität der Sexualhormone ist ein Grund für die extremen Gefühlsschwankungen, aber auch für die neuen und intensiven Empfindungen.

Oft verändert sich der Körper, bevor Mädchen und Jungen bereit sind, erwachsen zu werden. Manchmal möchten sie noch lieber wie Kinder behandelt werden, und im nächsten Moment wie Erwachsene.

Die Veränderung vom Kind zum Erwachsenen hat schwierige Phasen. Aber früher oder später gewöhnen sich junge Leute daran, werden mit ihrem erwachsenen Körper vertrauter und beginnen ihn zu mögen.

Kapitel 16

Total normal

Onanie (Selbstbefriedigung)

Während der Pubertät, wenn die Sexualhormone von Mädchen und Jungen dafür sorgen, daß die Geschlechtsorgane aktiver werden, entwickeln viele Teenager lustvolle, angenehme Gefühle für den eigenen Körper. Gleichzeitig interessieren sie sich auch mehr für die Körper anderer und werden von ihnen angezogen.

Diese Gefühle werden oft als sexuelle Gefühle bezeichnet. Obwohl sie schwierig zu beschreiben sind, sind sie doch völlig normal. Sie äußern sich sowohl zu verschiedenen Zeiten als auch auf unterschiedliche Weise.

Mädchen und Jungen, Teenager und Erwachsene machen auch Erfahrung mit sexuellen Gefühlen, wenn sie onanieren. *Onanie* oder *Selbstbefriedigung* ist das lustvolle Berühren oder Reiben der äußeren Geschlechtsorgane und verursacht ein schönes Gefühl. In der Umgangssprache wird Onanie, auch *Masturbation*, mit „an sich selbst herumspielen“ umschrieben.

Manche Leute behaupten, daß Onanie gesundheitsschädlich sei, und in einigen Religionen wird Onanie als Sünde bezeichnet. Aber Onanie ist völlig normal und verursacht keinerlei Schäden. Und ob du onanierst oder nicht, ist allein deine Entscheidung.

Wenn Leute onanieren, reiben sie ihre äußeren Geschlechtsorgane mit der Hand oder mit einem weichen Gegenstand, zum Beispiel einem Kissen. Ein Mädchen streichelt meist ihre Klitoris oder Brüste, ein Junge seinen Penis.

Beim Onanieren stellt sich in der Regel ein warmes, wunderbar prickelndes, aufregendes Gefühl im ganzen Körper ein. Dieses Gefühl kann sich immer mehr steigern, bis es einen Höhepunkt erreicht. Dabei können Jungen oder Männer ejakulieren, während Mädchen oder Frauen eine heftige Erregung um ihre feuchte Vulva verspüren, die sich oft auf den ganzen Körper verteilt.

Dieses Gefühl wird als Orgasmus bezeichnet oder auch als „Kommen". Nach einem Orgasmus fühlt man sich normalerweise zufrieden und entspannt. Sowohl beim Geschlechtsverkehr als auch beim Onanieren hat man gewöhnlich einen Orgasmus, manchmal auch bei einem Traum. Aber nicht jeder hat einen Orgasmus.

Beim Onanieren denkt man oft an etwas Schönes, sexuell Erregendes oder einen bestimmten Menschen. Aber auch ohne Selbstbefriedigung stellen sich lustvolle, sexuelle Gefühle ein, zum Beispiel beim Betrachten erotischer Bilder oder Filme.

Menschen onanieren in jedem Alter – selbst Babys, aber auch Kinder, Teenager, Erwachsene und alte Menschen. Mädchen und Jungen beginnen oft in der Pubertät zu onanieren, viele aber auch schon vorher.

Teil 4

Familien und Kinder

Kapitel 17

Ganz verschiedene Familien

Für Babys und Kinder sorgen

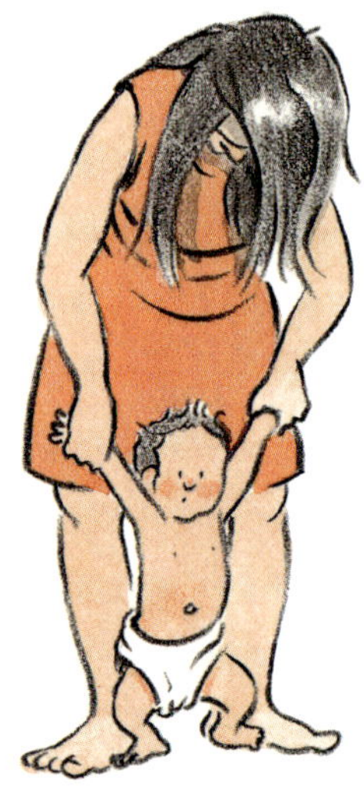

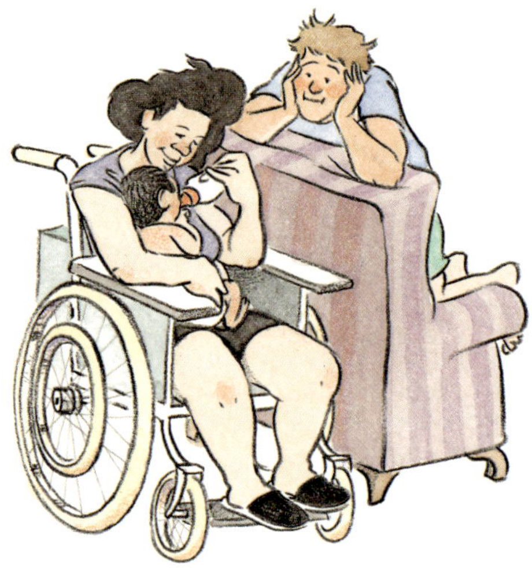

Babys und Kinder wachsen in allen möglichen Familien auf. Es gibt Kinder, deren Mütter und Väter zusammen oder getrennt leben. Andere wiederum haben nur einen Elternteil oder sind adoptiert worden. Es gibt Kinder, die bei Stiefeltern oder einer Tante, einem Onkel, der Großmutter, einem Großvater oder anderen Verwandten leben. Wieder andere haben homosexuelle Eltern oder Pflegeeltern.

Großeltern, Cousinen und Cousins, Tanten und Onkel gehören zur Familie. Manche zählen auch gute Freunde dazu. Die meisten Kinder werden geliebt, und die Mitglieder ihrer Familie bzw. deren Freunde sorgen für sie.

Ein Kind auf die Welt zu brin-

gen, ist ein aufregendes Ereignis, Mutter oder Vater zu werden, eine der wichtigsten Veränderungen im Leben eines Menschen. Es bringt verschiedene und neue

Formen von Verantwortung mit sich.

Dazu gehört, nicht nur für sich selbst zu sorgen, sondern auch für das Kind und die Familie. Daher ist der Zeitpunkt für die Entscheidung, eine Familie zu gründen, so wichtig. Obwohl es körperlich für ein Mädchen und einen Jungen möglich ist, ein Kind zu zeugen, sobald das Mädchen zu menstruieren begonnen hat (in einigen seltenen Fällen sogar schon vorher) und der Junge Spermien produzieren kann, ist es sinnvoll, damit zu warten, bis man wirklich bereit dazu und alt genug ist, eine so große Verantwortung zu übernehmen.

Es ist schwierig, für ein Kind zu sorgen, wenn man noch sehr jung ist. Dafür gibt es viele Gründe. Babys von Kindern und Teenagern werden oft mit Untergewicht geboren, sogar nach den vollen neun Monaten in der Gebärmutter. Kinder, die mit Untergewicht geboren werden, sind bei der Geburt und im späteren Leben anfälliger für Krankheiten.

Eltern fällt es oft schwer, für ein Kind zu sorgen, besonders,

wenn sie selbst noch Kinder oder Teenager sind. Junge Leute, die Kinder haben, verlieren meist die Freiheit, tun zu können, was sie wollen. Es wird schwierig, mit Freunden auszugehen oder die Schularbeiten zu erledigen, wenn man ein Kind um sich hat. Kinder benötigen viel Zuwendung, tagein, tagaus, jeden Tag, jede Nacht.

Teenager, die ein Kind haben, müssen oft die Schule abbrechen, zum Beispiel, um arbeiten zu gehen. Nahrung, Kleidung, Spielsachen und Medizin für das Kind sind sehr teuer. Oft ist es schwer für Teenager, einen Job zu bekommen. Auch die Kosten für einen Babysitter, der auf das Kind aufpaßt, während man selbst in die Schule oder zur Arbeit geht, sind nicht gering.

Kinder sind etwas ganz Besonderes, und die meisten Mütter und Väter lieben ihr Kind sehr. Aber es ist einfacher und vernünftiger, zu warten, bis man alt genug ist, um für ein Kind angemessen sorgen zu können. Sowohl das Kind als auch die Eltern haben dann bessere Chancen für einen gelungenen gemeinsamen Start.

Kapitel 18
Elterliche Anweisungen
Die Zelle: Gene und Chromosomen

Alle Lebewesen entstehen aus einer einzigen Zelle. Wenn sich zwei Geschlechtszellen, eine Eizelle und ein Spermium, zu einer Zelle vereinigen, tragen sie alle erforderlichen Informationen, um ein Kind, ein neues menschliches Lebewesen zu zeugen, in sich. Diese Informationen stecken in mehr als hunderttausend Genen im Zentrum der Zelle.

Einige Wissenschaftler beschreiben die Gene eines Menschen als kleine Informations-Pakete, die festlegen, ob du ein Junge oder ein Mädchen wirst, und außerdem deine Augenfarbe,

Ohrenform, Haarstruktur und deine Haut- und Haarfarbe bestimmen.

Deine Gene wurden von deinen Eltern auf dich übertragen,

und diese wiederum erhielten sie von ihren Eltern und von früheren Generationen auf beiden Seiten deiner Familie. Viele deiner Gene werden auch auf deine Kinder und Enkel übertragen.

Gene bestehen aus DNS – eine Abkürzung für Desoxyribonukleinsäure. Gene werden von langen fadenartigen DNS-Bändern transportiert, die als Chromosomen bezeichnet werden. Ein Gen ist ein winziger Teil eines Chromosoms. Ein Chromosom ist der Teil der Zelle, der die Gene eines Menschen enthält. Du kannst dir ein Chromosom als Perlenschnur vorstellen, mit jedem Gen als Perle. Die Zellen im menschlichen Körper haben gewöhnlich 46

Ein Chromosom

Chromosomen. Aber jede Eizelle und jede Spermien-Zelle hat nur 23 Chromosomen. Wenn eine Eizelle und ein Spermium sich vereinigen, verfügt die kombinierte Einzelzelle über 46 Chromosomen.

Das bedeutet, daß die Hälfte deiner Chromosomen und damit die Hälfte deiner DNS von deiner Mutter und die andere Hälfte von deinem Vater kommt. Du hast eine Gen-Kombination von beiden erhalten. Das ist der Grund, warum du keine genaue Kopie eines Elternteils bist, son-

dern wahrscheinlich beiden ähnelst.

Wenn zur selben Zeit zwei Eizellen die Eierstöcke verlassen und jede Eizelle von einem anderen Spermium befruchtet wird, wachsen zweieiige, d.h. nicht identische, Zwillinge heran. Da zweieiige Zwillinge nicht dieselben Gene haben, sehen sie nicht gleich aus und sind auch nicht unbedingt gleichgeschlechtlich.

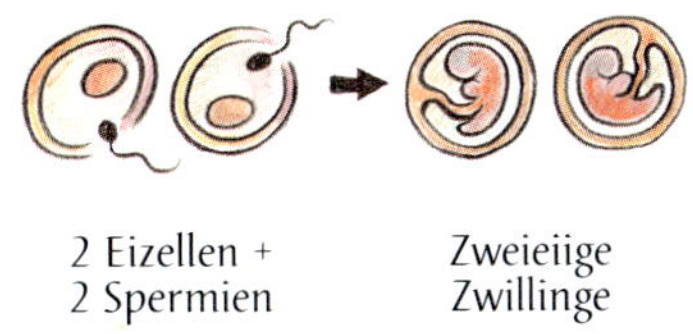

Identische Zwillinge entstehen, wenn sich eine Eizelle nach der Befruchtung teilt. Da identische Zwillinge dieselben Gene haben, haben sie immer dasselbe Geschlecht und sind kaum voneinander zu unterscheiden.

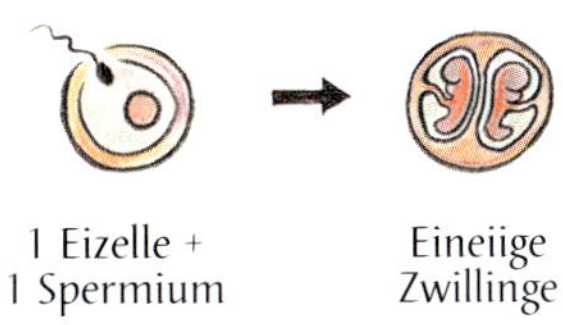

Kommen zwei oder mehr Babys bei einer Geburt zur Welt, Zwillinge, Drillinge etc., wird das als Mehrfachgeburt bezeichnet.

Wenn du kein eineiiger Zwilling bist, bist du keine exakte genetische Kopie deiner Schwester oder deines Bruders, da zwei verschiedene Eizellen und Spermien für die Entstehung von euch beiden verantwortlich waren. Jedes Spermium und jede Eizelle enthält eine andere Erbinformation. Deshalb kannst du deiner Schwester oder deinem Bruder sowohl sehr als auch gar nicht ähneln.

Wissenschaftler haben herausgefunden, daß das Geschlecht eines Menschen in dem Moment festgelegt wird, in dem sich Eizelle und Spermium vereinigen. Unter den 23 Chromosomen in der Eizelle und denen der Spermienzelle befindet sich jeweils eins der beiden Geschlechtschromosomen – X und Y.

Alle Eizellen tragen ein X-Chromosom und jedes Spermium trägt entweder ein X- oder ein Y-Chromosom. Wenn ein Ei von einem Spermium befruchtet wird, das ein Y-Chromosom trägt, wird die Eizelle zu einem kleinen Jungen heranreifen – XY. Wenn ein Ei von einem Spermium befruchtet wird, das ein X-Chromosom trägt, entwickelt sich ein kleines Mädchen – XX.

Ob du weiblich oder männlich bist, wurde dadurch entschieden, welches Chromosom in dem Spermium deines Vaters war, das die Eizelle deiner Mutter befruchtete.

Die Gene in deinem Körper tragen eine Menge Informationen und entscheiden über vieles – jedoch nicht über alles –, was dich betrifft. Das soziale Umfeld, in dem du aufwächst, die Ernährung, wieviel du dich bewegst, aber insbesondere deine Familie prägen dich. Deshalb ist jeder Mensch einzigartig, selbst eineiige Zwillinge – die absolut gleich erscheinen.

Kapitel 19
Sich körperlich nahe sein
Kuscheln, Küssen, Berühren und Geschlechtsverkehr

Geschlechtsverkehr oder, wie es oft genannt wird, „miteinander schlafen" oder „Liebe machen" ist eine Möglichkeit, sich körperlich nahe zu sein. Der Ursprung eines neuen menschlichen Lebewesens – eines Kindes – kann sich unmittelbar nach dem Geschlechtsverkehr bilden, wenn sich eine Spermienzelle mit einer Eizelle vereinigt.

Berühren, Streicheln, Küssen und Umarmen, auch *Petting* genannt, sind andere Möglichkeiten, sich einander nahe zu fühlen und Zuneigung und Erregung füreinander zu empfinden. Man kann sexuelle Erregung verspüren, ohne miteinander zu schlafen. Mit dem Geschlechtsverkehr noch zu warten, bis man älter ist und sich sicherer fühlt, oder sich mehr Verantwortung zutraut, nennt man Aufschub.

Die Entscheidung, keinen Geschlechtsverkehr haben zu wollen, wird als Enthaltsamkeit bezeichnet. Wenn zwei junge Leute glauben, sie seien zu jung, um schon Geschlechtsverkehr zu haben, sich noch nicht gut genug kennen oder aus irgendwelchen anderen Gründen nicht miteinander schlafen wollen, können sie einfach nur Händchen halten, sich umarmen, miteinander tanzen oder sich küssen.

Das Zusammensein zweier Menschen, die sich etwas bedeuten, heißt immer auch, die Gefühle und Wünsche des Partners zu respektieren. Dazu gehört das Recht, jederzeit *nein* zu sagen zu sexuellen Aktivitäten.

Geschlechtsverkehr beginnt

gewöhnlich mit Umarmen, Streicheln und Küssen. Nach einer Weile wird die Vagina feucht, die Klitoris verhärtet sich und der Penis erigiert, wird steif und größer. Manchmal tritt bereits jetzt ein wenig klare Flüssigkeit, die schon Spermien enthalten kann, aus der Penisöffnung. Die sexuelle Erregung steigt bei beiden.

Für den erigierten Penis ist es nun möglich, in die Vagina zu gelangen, die sich ausdehnt und den Penis umschließt. Die Scheidenflüssigkeit erleichtert dem Penis das Eindringen.

Während des Geschlechtsverkehrs bewegen sich Mann und Frau in einem bestimmten Rhythmus, so daß die Bewegungen des Penis in der Vagina schon bald ein wunderbar prickelndes Gefühl erzeugen. Auch die Küsse werden intensiver, und die Brustwarzen richten sich auf.

Auf dem sexuellen Höhepunkt wird Samenflüssigkeit aus der Penisöffnung ausgestoßen und spritzt in die Vagina. Die Muskeln in Vagina und Gebärmutter ziehen sich zusammen und entspannen sich schließlich wieder. Ein bißchen Flüssigkeit kann aus der Vagina austreten. Man bezeichnet diesen Höhepunkt als Orgasmus.

Ein Mann und eine Frau können zeitlich verschieden voneinander einen Orgasmus erleben. Wenn Mädchen oder Frauen zum Höhepunkt kommen, dann in der Regel dadurch, daß die Klitoris direkt gestreichelt oder indirekt durch die Bewegung des Penis stimuliert wird. Nach dem Orgasmus fühlen sich die meisten Menschen entspannt und manchmal auch schläfrig.

Bei jedem Geschlechtsverkehr eines fortpflanzungsfähigen heterosexuellen Paares kann ein Kind gezeugt werden – es sei denn, die Frau ist bereits schwanger.

Es kursieren viele falsche Vor-

stellungen darüber, wie ein Mädchen oder eine Frau beim Geschlechtsverkehr schwanger werden, beziehungsweise wie man eine Schwangerschaft verhindern kann.

Es ist wichtig zu wissen, daß ein Mädchen oder eine Frau schwanger werden kann, auch wenn sie während des Geschlechtsverkehrs steht; auch beim ersten Mal; auch wenn sie ihre Periode hat, selbst dann, wenn sie keinen Orgasmus hat.

Sie kann schwanger werden, auch wenn der Junge oder der Mann vor der Ejakulation den Penis aus der Vagina zieht. Wenn Sperma in die Nähe der Vaginaöffnung kommt oder vor der Ejakulation auch nur mikroskopisch wenig Sperma austritt, können die darin befindlichen Spermien die Vagina hinaufschwimmen und sich mit einer Eizelle vereinigen.

Dies kann selbst dann passieren, wenn eine Frau und ein Mann gar keinen Geschlechtsverkehr haben und Sperma in der Nähe der Vaginaöffnung ejakuliert wird. Falls ein Paar sich entscheidet, miteinander zu schlafen, gibt es jedoch Möglichkeiten, sich vor einer ungewollten Schwangerschaft zu schützen – man nennt dies *Verhütung* oder *Geburtenkontrolle*.

Vor Infektionen, die durch Geschlechtsverkehr übertragen werden, kann man sich schützen, indem man Kondome richtig benutzt. Das ist eine der Möglichkeiten, „Safer Sex" zu praktizieren.

Kapitel 20

Vor der Geburt

Die Schwangerschaft

Die Schwangerschaft ist die Zeitspanne vor der Geburt, in der sich eine befruchtete Eizelle in der Gebärmutter einnistet, dort heranwächst und sich schließlich zu einem Kind entwickelt. Die Vereinigung von Spermium und Eizelle wird *Befruchtung* oder *Empfängnis* genannt.

Wissenschaftler haben genau herausgefunden, wie eine Schwangerschaft beginnt, indem sie die Wanderung eines Spermiums, seine Begegnung mit der Eizelle und die Vereinigung der beiden beobachtet haben.

Lebende Spermien können sich hervorragend fortbewegen, und es ist spannend, ihre Bewegungen unter dem Mikroskop zu verfolgen. Man kann beobachten, wie sie ihre Schwänze schnell hin und her bewegen. Sie sehen wie Kaulquappen aus und schwimmen wie ein Fischschwarm in großer Zahl von etwa fünfhundert Millionen einzelnen Zellen.

Wenn Sperma während des Geschlechtsverkehrs in die Vagina der Frau ejakuliert wird, schwimmen die Spermien die Vagina hinauf, durch den Gebärmutterhals, in die Gebärmutter und in die Eileiter. Wenn eine Eizelle freigesetzt und in einen der Eileiter geschwemmt worden ist, kann sich ein Spermium mit ihr vereinigen und sie befruchten. Das ist der Beginn einer Schwangerschaft.

Nur ungefähr zweihundert von fünfhundert Millionen Spermien einer Ejakulation kommen in die Nähe der Eizelle.

Wissenschaftler haben nachgewiesen, daß ein chemischer Stoff in der Flüssigkeit, die die Eizelle umgibt, die Spermien anzieht und ihnen mitteilt, daß die Eizelle bereit ist. Außerdem läßt er nur ein Spermium dieser ungefähr zweihundert in die Zelle. Nachdem dieses Spermium in die Eizelle gelangt ist, kann kein anderes Spermium mehr eindringen, und die Befruchtung kann stattfinden.

Sobald sich eine Eizelle mit einer Spermienzelle vereinigt hat, wird eine Einzelzelle daraus, die erste Zelle eines Kindes. Ein befruchtetes Ei wird ab dem Zeitpunkt der Empfängnis für die nächsten Tage der Reise zur Gebärmutter als *Zygote* bezeichnet; während der zwei Monate, in denen es sich in der Gebärmutter entwickelt, als *Embryo* und während der verbleibenden Zeit der Schwangerschaft bis zum Moment der Geburt als *Fötus*.

Die befruchtete Eizelle braucht ungefähr fünf Tage, um durch den Eileiter zur Gebärmutter zu gelangen. Dabei teilt sich die Zelle immer wieder. In der Gebärmutter selbst nistet sie sich in der dafür vorgesehenen, weichen Schicht ein, wo sie heranwächst und sich zu einem Kind entwikkelt. Die Gebärmutter heißt auch *Uterus*. Früher bezeichnete man sie oft als „Schoß“.

DIE WEITEREN ABENTEUER VON EIZELLE UND SPERMA

SCHWANGERSCHAFT

DAS EI WARTET IM EILEITER DARAUF, VON EINEM SPERMIUM BEFRUCHTET ZU WERDEN.

DIE SPERMIEN VERLASSEN DEN PENIS UND BEWEGEN SICH DIE VAGINA HINAUF IN DIE GEBÄRMUTTER UND WEITER IN EINEN EILEITER,

WO MEISTENS SCHON EIN EI DARAUF WARTET, SICH MIT EINEM SPERMIUM ZU VEREINIGEN.

WENN EIN SPERMIUM IN EINE EIZELLE EINDRINGT, VERSCHMELZEN BEIDE ZU EINER ZELLE, UND DIE SCHWANGERSCHAFT KANN BEGINNEN.

Von der Zygote zum Baby – 9 Monate

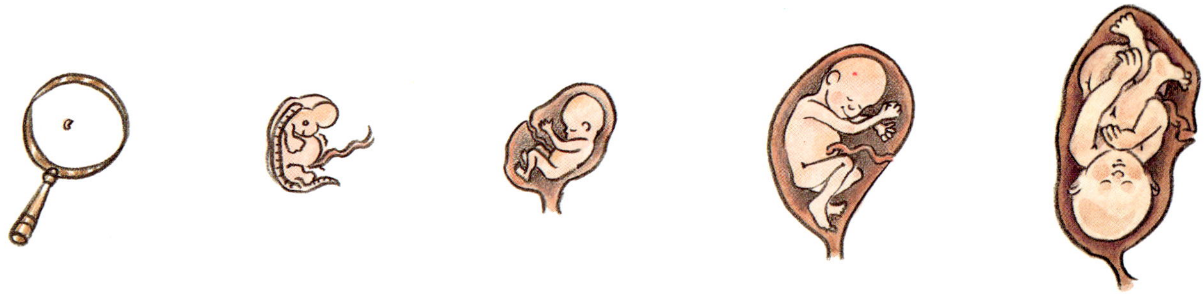

Zygote – 1. Tag | Embryo – ein Monat | Fötus – drei Monate | Fötus – sechs Monate | Kind – kurz vor der Geburt

In der Gebärmutter angekommen, teilt sich die befruchtete Eizelle billionenfach. Schließlich – über den Zeitraum von neun Monaten – wird aus diesen Zellen ein neuer Mensch.

In der Gebärmutter bildet sich eine Blase um das werdende Kind, die mit einer wäßrigen Flüssigkeit gefüllt ist und es vor Erschütterungen und Stößen schützt. Man bezeichnet sie als *Fruchtblase* und die Flüssigkeit darin als *Fruchtwasser*. Sie ist warm und sorgt dafür, daß das Kind eine gemütliche, mollige Umgebung hat.

Viele Kinder und sogar einige Erwachsene denken, daß sich das Kind im Magen der Mutter entwickelt. Das ist natürlich falsch, denn ein Kind entwickelt sich immer in der Gebärmutter.

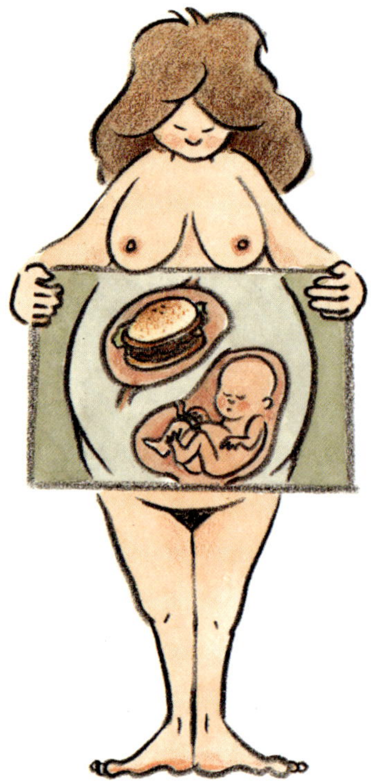

Mit dem wachsenden und sich entwickelnden Kind vergrößert sich auch die Gebärmutter.

Während sich der Embryo in der Gebärmutter einnistet, bildet sich ein spezielles Organ in der Gebärmutter, das als *Plazenta* bezeichnet wird. In der Schwangerschaft versorgt die Plazenta den Embryo und später den Fötus mit Nährstoffen aus der Nahrung, die die Mutter zu sich nimmt, und mit dem Sauerstoff, den die Mutter einatmet.

Diese Nährstoffe bestehen aus Vitaminen, Proteinen, Fett, Zucker, Kohlehydraten und Wasser – aus allem, was ein Fötus braucht, um sich zu einem gesunden Kind zu entwickeln.

Die Nabelschnur, eine weiche, biegsame Schnur, verbindet die Plazenta mit dem Fötus an dessen Bauchnabel. Sauerstoff und Nährstoffe gelangen mit dem Blut, das in der Nabelschnur fließt, von der Plazenta zum Fötus. Sauerstoff, Nährstoffe und andere Substanzen, die der Fötus benötigt, gelangen so aus dem Blutkreislauf der Mutter in den Blutkreislauf des Kindes.

Auf demselben Weg, nämlich durch die Nabelschnur, gelangen die flüssigen und festen Abfallstoffe, die der Fötus nicht verwertet, zurück in die Plazenta und von dort in den Blutkreislauf der Mutter, um dann mit den Abfallstoffen der Mutter deren Körper zu verlassen.

Medikamente, Drogen und Alkohol können ebenfalls aus dem Blut der Mutter in den Blutkreislauf des Fötus gelangen. Aus diesem Grund sollte eine schwangere Frau sehr vorsichtig sein mit dem, was sie ißt, trinkt und

ansonsten zu sich nimmt. Bevor sie ein Medikament einnimmt, sollte sie vorher mit ihrem Arzt oder einer Krankenschwester abklären, ob dies für das Kind unbedenklich ist.

Wenn eine schwangere Frau Drogen konsumiert, in großen Mengen Alkohol trinkt, raucht, sich ungesund ernährt oder während der Schwangerschaft an bestimmten Infektionen erkrankt, ist das Kind gefährdet und kann schon mit bedrohlichen Gesundheitsschäden geboren werden. Es könnte Schwierigkeiten bei der Nahrungsaufnahme und beim Atmen haben oder unter Wachstumsstörungen leiden. Kinder von drogenabhängigen Müttern kommen oft bereits drogenabhängig zur Welt.

Mütter, die während der Schwangerschaft auf sich achten, sich regelmäßig untersuchen lassen, sich gesund ernähren und für ausreichend Bewegung und Schlaf sorgen, haben die besten Chancen, ein gesundes Kind auf die Welt zu bringen.

Kapitel 21
Eine aufregende Reise!
Die Geburt

Die Geburt eines Kindes ist fast immer ein natürliches und freudiges Ereignis. Wenn sich die Muskeln der Gebärmutter rhythmisch zusammenziehen, steht die Geburt unmittelbar bevor.

Die Muskeln einer Frau sind somit bereit, das Kind aus der Gebärmutter herauszupressen. Dieses Zusammenziehen, Pressen und Drücken bezeichnet man als *Wehen.* In der Regel begibt sich eine Frau mit dem Einsetzen der Wehen in ein Krankenhaus, wenn sie sich nicht dafür entschieden hat, ihr Kind zuhause mit Hilfe eines Arztes und einer Hebamme zu entbinden. Eine Hebamme ist speziell dafür ausgebildet, Frauen bei der Geburt ihres Kindes zu helfen. Sie ist keine Ärztin.

Neben der Hebamme können Väter und andere Familienmitglieder oder Freunde der Frau bei der Geburt zur Seite stehen. Die Wehen können zwischen einer Stunde und einem Tag andauern.

Nach dem Beginn der Wehen, gelegentlich auch vorher, platzt die Fruchtblase, und die darin befindliche Flüssigkeit, das Fruchtwasser, tritt aus. Dies ist ein weiteres Anzeichen dafür, daß die Geburt des Kindes bevorsteht.

Während der Geburt schiebt sich das Kind von der Gebärmutter durch den Gebärmutterhals, der sich während der Wehen geöffnet und geweitet hat, zur Vagina. Die Vagina dehnt sich ebenfalls, während das Kind durch sie hindurch den Körper der Mutter verläßt.

Die Vagina wird auch als *Geburtskanal* bezeichnet, denn

Kanal ist ein anderes Wort für *Durchgang.*

Bei den meisten Geburten kommt das Kind mit dem Kopf zuerst aus der Vagina. Das Fruchtwasser in Mund und Nase des Kindes wird sorgfältig entfernt, damit das Kind mühelos selbst atmen kann. Dann schiebt sich der restliche Körper des Babys aus der Vagina heraus. Normalerweise nehmen Arzt, Hebamme oder Vater das Neugeborene sanft in Empfang. Diese Geburt bezeichnet man als *Vaginalgeburt.*

Von einer *Zangengeburt* spricht man, wenn man die Kinder mittels einer speziellen Zange vorsichtig aus dem Geburtsgang zieht. Bei einer *Steißgeburt* kommt das Kind nicht mit dem Kopf, sondern mit den Füßen zuerst zur Welt.

Kinder, die zu groß sind, um sicher durch die Vagina zu gelangen, oder eine komplizierte Lage haben, werden mit Hilfe eines *Kaiserschnitts* geboren. Hier

macht der Arzt einen Schnitt durch die Bauchdecke der Mutter bis in die Gebärmutter, nachdem dieser Bereich mit einem Anästhetikum betäubt und unempfindlich gemacht wurde. Dann wird das Kind mit der Plazenta herausgeholt. Anschließend schneidet der Arzt die Nabel-

WAS FÜR EINE REISE!: DIE GEBURT

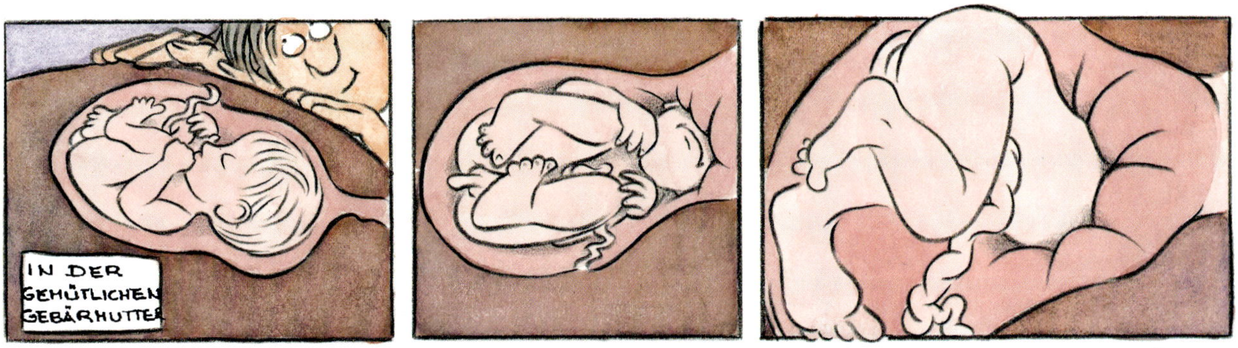

WENN DER ZEITPUNKT DER GEBURT NAHT, PRESST UND DRÜCKT

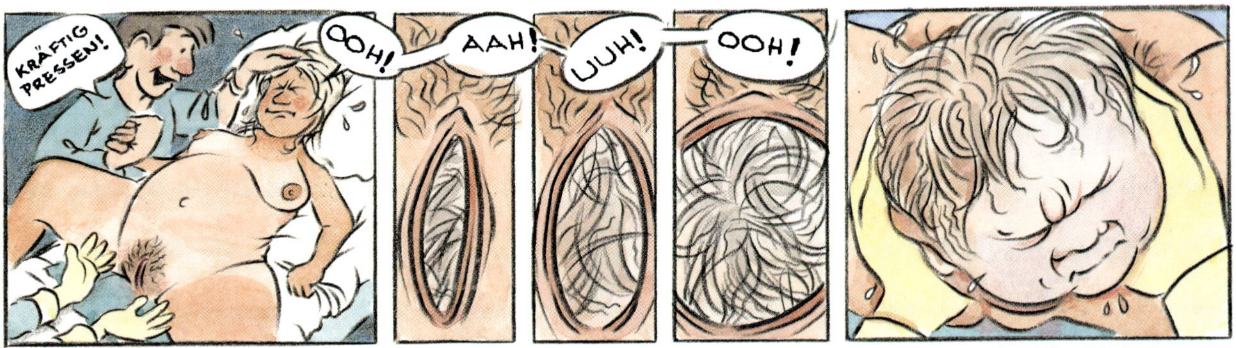

DIE MUSKULATUR DER GEBÄRMUTTER DAS KIND HERAUS IN DIE VAGINA DIESE DEHNT SICH WEIT UND ...

RAUS RUTSCHT EIN KLEINER MENSCH. ER IST NOCH MIT DER MUTTER DURCH DIE NABELSCHNUR VERBUNDEN,

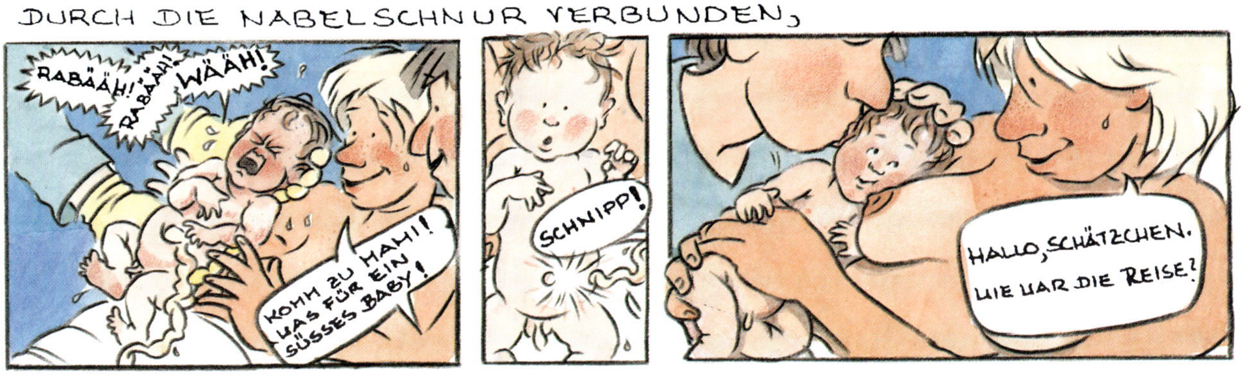

DIE NUN DURCHTRENNT WIRD. UND SOGLEICH WIRD DAS NEUE KIND LIEBEVOLL EMPFANGEN UND IN DEN ARM GENOMMEN.

bar nach dessen Geburt oder in den ersten Wochen.

Ein Neugeborenes wird normalerweise sofort gewogen und

schnur durch und vernäht die Wunde. Der Schnitt verheilt nach ein paar Wochen völlig. Diese Art der Geburt ist ebenfalls eine Möglichkeit, gesund auf die Welt zu kommen. Man führt den Begriff „Kaiserschnitt" auf Julius Caesar zurück, den großen römischen Kaiser, General und Politiker, der um das Jahr 100 v.Chr. – also vor mehr als 2000 Jahren – angeblich auf diese Weise geboren wurde.

Egal, wie ein Kind auf die Welt kommt: direkt nach der Geburt macht es seinen ersten Atemzug und stößt den ersten Schrei aus. Dies ermöglicht es den Lungen, sich zu öffnen und selbständig zu arbeiten. Der Moment der Geburt ist wahnsinnig spannend!

Auch wenn das Kind noch immer durch die Nabelschnur mit der Plazenta verbunden ist, braucht es sie nun nicht mehr. Arzt oder Hebamme befestigen eine Klammer an der Nabelschnur des Kindes und trennen diese einen halben Zentimeter über dem Nabel des Kindes ab. Da es in der Nabelschnur keine Nervenenden gibt, spüren weder Mutter noch Kind diesen Schnitt. Nach ein paar Tagen vertrocknet das Stück Nabelschnur und löst sich schmerzlos ab. Die Stelle, an der die Nabelschnur befestigt war, wird dann Bauchnabel oder Bauchknöpfchen genannt.

Nachdem die Nabelschnur durchtrennt worden ist, ziehen sich die Muskeln der Gebärmutter noch ein paar Mal zusammen und stoßen Plazenta und Fruchtblase aus. Da beide den Körper der Mutter nach der Geburt des Kindes verlassen, bezeichnet man sie als Nachgeburt.

So bald wie möglich wird das Neugeborene sanft abgetrocknet, in ein Tuch gewickelt und der Mutter oder dem Vater in die Arme gelegt. Wenn Eltern ihr Neugeborenes das erste Mal im Arm halten, die Haut des Kindes an ihrer Haut spüren, und fühlen, wie das Kind atmet, sind sie meist von einem ganz neuen Gefühl der Zuwendung erfüllt. Diese Liebe und Zuneigung, die Eltern ihrem Kind entgegenbringen, empfinden sie oft unmittel-

gemessen und bekommt Augentropfen eingeträufelt, um eine Augeninfektion zu verhindern.

Die Geburt eines Kindes ist ein faszinierendes Ereignis. Bei der Geburt kann ein Baby bereits sehen, hören, weinen, saugen, greifen, fühlen und riechen, und es kann Nahrung aufnehmen, indem es an der Brust der Mutter oder an einer Milchflasche saugt. Ein neugeborenes Baby kann erstaunlich viel.

Wenn ein kleiner Junge beschnitten werden soll, das heißt, wenn die Vorhaut seines Penis entfernt werden soll, geschieht dies in der Regel wenige Tage nach der Geburt. Die Beschneidung dauert nur ein paar Minuten.

Manche Beschneidungen werden aus religiösen Gründen vorgenommen. Jungen, die in jüdischen bzw. islamischen Familien geboren werden, werden von eigens dafür ausgebildeten Männern im Rahmen einer religiösen Feier beschnitten.

Beschneidungen werden aber auch vom Arzt aus gesundheitlichen Gründen vorgenommen, z. B. um es einem Jungen zu erleichtern, die Penisspitze sauberzuhalten. Einen unbeschnittenen Penis kann man sauberhalten, indem man die Vorhaut zurückzieht und die Penisspitze vorsichtig reinigt. Die meisten Ärzte sind der Meinung, daß man einen beschnittenen und unbeschnittenen Penis gleichermaßen gut pflegen kann.

Babys werden auf verschiedene Art und Weise geboren. Manche Kinder werden zu früh geboren, noch bevor sie volle neun Monate in der Gebärmutter verbracht haben. Ein Kind, das zu früh geboren wird, bezeichnet man als Frühgeburt.

Ein Kind, das nur zwei oder drei Wochen zu früh geboren wird, ist groß genug, um einen gesunden Start ins Leben zu haben, und kann normalerweise nach ein oder zwei Tagen im Krankenhaus von seinen Eltern mit nach Hause genommen werden. Für ein Kind jedoch, das einen Monat oder mehr zu früh geboren wird, kann das Leben außerhalb der Gebärmutter schwierig sein. Manchmal sind seine Lungen noch nicht voll entwickelt, was ihm das Atmen erschwert. Oder es ist noch nicht in der Lage, mühelos zu saugen oder zu schlucken, was ihm die Nahrungsaufnahme erschwert. Es kann aber auch sein, daß das Kind Schwierigkeiten hat, die normale Körpertemperatur zu halten.

Kinder, die einen Monat oder mehr zu früh auf die Welt kommen, müssen normalerweise im Krankenhaus bleiben, bis sie kräftig genug sind. Im Krankenhaus wird das Kind in einem speziell ausgestatteten Behälter, dem *Brutkasten*, mit Sauerstoff versorgt und warmgehalten.

Ärzte und Kinder-Krankenschwestern versorgen es während dieser Zeit im Brutkasten.

Ist das Baby dann groß genug und annähernd so kräftig wie ein

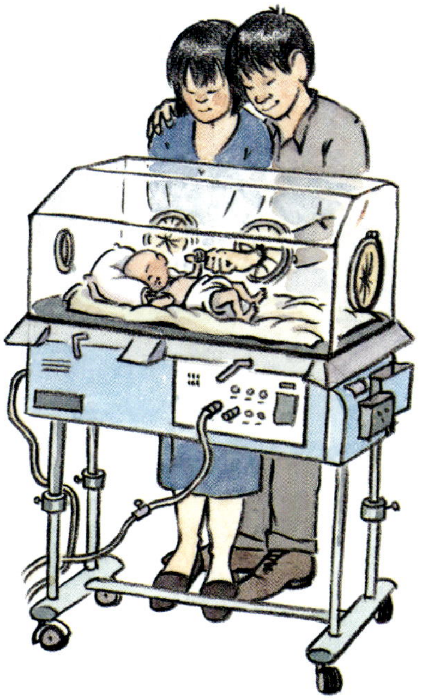

Kind, das die vollen neun Monate in der Gebärmutter herangewachsen ist, nimmt Nahrung zu sich und hält seine Körperwärme, können die Eltern es mit nach Hause nehmen.

Kapitel 22

So geht es auch!

Andere Möglichkeiten, zu Kindern und einer Familie zu kommen

Manche Menschen wünschen sich ein Kind, bekommen aber keins, da sich bei ihnen Eizelle und Spermien nicht vereinigen können. Für sie gibt es zum Glück auch ohne Geschlechtsverkehr Möglichkeiten, ein Kind zu bekommen.

Es gibt viele verschiedene Gründe, warum sich Eizelle und Sperma nicht miteinander vereinigen können. Möglicherweise sind die Eierstöcke nicht in der Lage, jeden Monat eine Eizelle freizusetzen, vielleicht kann die Eizelle die Eileiter nicht passieren, oder es gelangen zu wenig Spermien zur Eizelle bzw. die Spermien des Mannes sind zu schwach, um zur Eizelle zu wandern.

Allerdings kann die Eizelle einer Frau mit ärztlicher Hilfe mit dem Samen des Mannes befruchtet werden – auch so kann eine Schwangerschaft eintreten. Aus einem der Eierstöcke entnimmt der Arzt eine Eizelle, gibt diese in ein spezielles Glasschälchen, das mit einer speziellen Flüssigkeit und Sperma gefüllt ist.

Nachdem das Ei durch eines der Spermien im Glasschälchen befruchtet worden ist, kommt es zurück in die Gebärmutter und die Schwangerschaft kann ihren Lauf nehmen. Diese Art, eine Schwangerschaft einzuleiten, wird als künstliche Befruchtung oder als In-vitro-Fertilisation bezeichnet. *In vitro* ist der lateinische Begriff für *im Glas.*

Wenn nicht genügend Spermien vorhanden oder diese zu schwach sind, um zur Eizelle zu schwimmen, kann ein Arzt die ejakulierten Spermien eines Mannes mittels einer Spritze in die Vagina bzw. die Gebärmutter injizieren. Einmal in der Gebärmutter, müssen die Spermien nur noch eine kurze Strecke zur Eizelle zurücklegen und haben bessere Chancen, sich im Eileiter mit einer Eizelle zu vereinigen.

Diesen Vorgang bezeichnet man als künstliche Befruchtung, auch wenn dabei weder Ei- noch

Samenzelle oder die Art der Vereinigung künstlich sind.

Manchmal, wenn ein Mann ernstlich erkrankt ist, können Medikamente, die er nimmt, bewirken, daß die Zahl der Spermien, die er produziert, sinkt. Vorsorglich kann er deshalb vor Einnahme der Medikamente sein ejakuliertes Sperma in einer Samenbank – einem medizinischen Labor – deponieren, wo es, tiefgefroren, zehn bis fünfzehn Jahre lang aufbewahrt werden kann. Die Spermien können später genutzt werden, um ein Kind „künstlich" zu zeugen.

Es gibt auch Frauen, die kein Kind bekommen können, weder durch Geschlechtsverkehr noch durch In-vitro-Fertilisation oder durch künstliche Befruchtung. Jedoch haben auch sie die Möglichkeit, eine Familie zu gründen, indem sie ein Kind adoptieren.

Adoption bedeutet, daß eine Familie ein Kind zu sich nimmt und es wie ein eigenes Kind aufzieht. Ein adoptiertes Kind wird Mitglied seiner neuen Familie.

Viele Leute entscheiden sich, ein Kind zu adoptieren, weil sie nicht in der Lage sind, selbst Kinder zu bekommen. Aber auch Menschen, die selbst Kinder haben oder bekommen könnten, entscheiden sich manchmal für eine Adoption.

Adoptiert wird ein Kind, wenn die eigene Familie oder auch nur ein Elternteil, aus welchen Gründen auch immer, nicht in der Lage ist, für das Neugeborene oder aber schon ältere Kind zu sorgen und sich deshalb entscheidet, das Kind zur Adoption freizugeben.

Adoption ist eine gesetzliche Maßnahme: Entweder ein Elternteil oder beide Eltern des Kindes müssen deshalb ein Dokument im Beisein eines Notars oder Richters unterzeichnen und erklären, daß sie ihr Kind für immer anderen Eltern überlassen, die in der Lage sind, für das Kind zu sorgen und den Wunsch verspüren, es aufzunehmen.

Auch die Adoptivmutter, der Adoptivvater oder die Adoptiveltern müssen die Adoptionsurkunde im Beisein eines Notars oder Richters unterzeichnen, um ihr Einverständnis zu dokumentieren, das Kind wie ein eigenes aufzuziehen.

Teil 5

Entscheidungen

Kapitel 23

Im voraus planen

Verschieben, sich enthalten und verhüten

Jeder hat das Recht, zu entscheiden, ob man Geschlechtsverkehr haben möchte oder nicht. Aber man sollte sich immer vor Augen halten, daß Geschlechtsverkehr zu Schwangerschaft und zu einem Kind führen kann.

Viele junge Leute entscheiden sich, mit dem Geschlechtsverkehr zu warten, bis sie sich alt genug und verantwortungsbewußt genug fühlen, um vernünftige Entscheidungen in puncto Sex zu treffen. Sie verschieben es auf einen späteren Zeitpunkt. Der einzig sichere Weg, nicht schwanger zu werden, ist, auf Geschlechtsverkehr zu verzichten. Das nennt man Enthaltsamkeit. Enthaltsamkeit (Abstinenz) bedeutet, auf etwas zu verzichten, was man gerne tun möchte. Verschieben und sich enthalten kann auch bedeuten, sich vor Infektionen zu schützen, die durch sexuellen Kontakt übertragen werden.

Viele Leute, die sich für Verschieben oder gar Enthaltsamkeit entscheiden, haben dennoch eine liebevolle und erotische Beziehung.

Manche Paare hoffen auf eine Schwangerschaft, wenn sie miteinander schlafen, andere Leute wiederum möchten damit gerne noch warten, und wieder andere wollen überhaupt keine Kinder. Aus diesem Grund sollte man wissen, wie man eine Schwangerschaft verhütet.

Familienplanung, Geburtenkontrolle und Verhütung sind Begriffe, mit denen die Schwangerschaftsverhütung bezeichnet wird. Es gibt viele Verhütungsmethoden, und einige funktionieren besser als andere. Man muß sich über die verschiedenen Möglichkeiten informieren und lernen, mit den Verhütungsmitteln umzugehen. Vor allem muß man sie regelmäßig, bei jedem Geschlechtsverkehr, benutzen. Aber keine Empfängnisverhütung ist hundertprozentig sicher.

Über die meisten Verhütungsmittel kann man sich bei einer der „Pro-Familia"-Beratungsstellen oder einer Frauenärztin bzw. einem Frauenarzt informieren. Solche Gespräche sind garantiert vertraulich. Kondome oder Spermizide kann man in der Apotheke oder Drogerie erhalten. Dort sind sie oft in einer speziellen Abteilung ausgestellt, und man bekommt sie ohne Rezept.

Ein Kondom, auch Präservativ genannt, ist eine weiche, ganz dünne Gummihaut, die über den erigierten Penis paßt. Wenn ein Mann ejakuliert, wird die Samenflüssigkeit im Kondom aufgefangen und gelangt somit nicht in Kontakt mit einer Eizelle, um sich mit ihr zu vereinigen. Wenn ein Kondom nicht richtig „sitzt", kann etwas Samenflüssigkeit auslaufen. Kondome verhindern eine Schwangerschaft sicherer, wenn sie zusammen mit speziellen Zäpfchen, einer Creme oder einem Gel verwendet werden. Diese sogenannten Spermizide, die einen chemischen Stoff enthalten, töten Spermien ab.

Aber das Kondom hat noch eine lebenswichtige Funktion: es schützt vor Ansteckung mit harmlosen oder auch lebensbedrohlichen Infektionskrankheiten wie

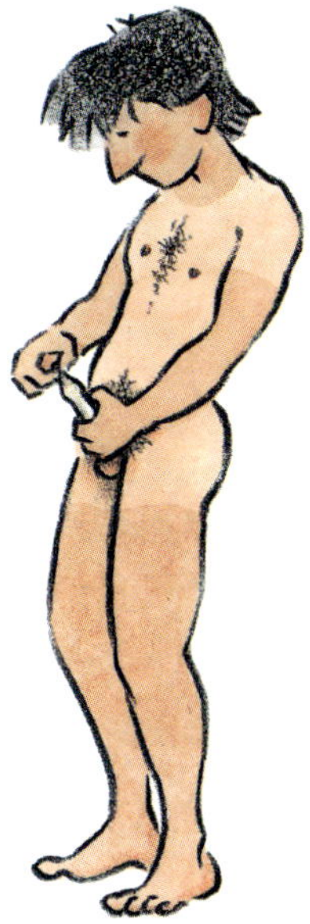

Ein Kondom aufziehen

HIV und Hepatitis B und ist somit Teil von „Safer Sex".

Es ist wichtig zu wissen, daß nur ein richtig benutztes Kondom – kein anderes Verhütungsmittel – eine Infektionsübertragung verhindern kann.

Kondome werden auch als „Pariser" oder „Gummis" bezeichnet, da sie normalerweise aus einem gummiartigen Material, Latex, hergestellt sind. Neuerdings gibt es auch Kondome aus Polyurethan, einem ebenfalls dünnen, gummiartigen, aber stärkeren Material, das von Wissenschaftlern für haltbarer als Latex erachtet wird.

Es ist wichtig, daß man Latex- oder Polyurethan-Kondome verwendet, da diese nicht so leicht reißen oder auslaufen können wie andere Fabrikate.

Die chemischen Stoffe in Spermiziden in Form von Schaum-

zäpfchen, Cremes und Gels können Samen abtöten. Diese Verhütungsmittel werden vor dem Geschlechtsverkehr in die Vagina eingeführt.

Spermizide sollten zusammen mit Kondomen verwendet werden, da nicht garantiert ist, daß alle Spermien erwischt und abgetötet worden sind. Außerdem besteht kein Schutz vor Infektionen.

Achtung: Nie Kondome zusammen mit ölhaltigen Substanzen

wie Vaseline oder Körperöl verwenden, da diese Öle das Kondom beschädigen können!

Antibabypillen, das Implantat, das Diaphragma, das Pessar, das Intra-Uterin-Pessar (die Spirale) und die Dreimonatsspritze sind Verhütungsmittel, die ein Mädchen oder eine Frau sich vom Arzt oder der Ärztin verordnen lassen muß. Diese Verhütungsmittel sind rezeptflichtig und nur in der Apotheke erhältlich.

Die Antibabypille, auch als „die Pille" bezeichnet, enthält künstliche Hormone, die verhindern, daß die Eierstöcke Eizellen freisetzen. Die Frau oder das Mädchen muß die Gebrauchsanweisung genau beachten und jeden Tag eine Pille einnehmen, damit diese Art der Empfängnisverhütung funktioniert.

Das Implantat ist ein Mittel der Empfängnisverhütung, bei dem der Arzt dünne Röhrchen unter die Haut am Oberarm einer Frau schiebt. Diese sechs kleinen Röhrchen setzen ein künstliches Hormon frei, das bis zu fünf Jahren die Eierstöcke davon abhält, Eizellen freizusetzen, und gleichzeitig Spermien daran hindert, in die Gebärmutter zu gelangen.

Ein weiteres Verhütungsmittel, die sogenannte Dreimonatsspritze, ist ein Präparat, das alle drei Monate in die Gesäßmuskeln der Frau oder in ihren Oberarm gespritzt werden muß. Es hält ebenfalls die Eierstöcke davon ab, Eizellen freizusetzen.

Das Diaphragma und das Pes-

Kondom

Kondom für die Frau (nicht in Deutschland)

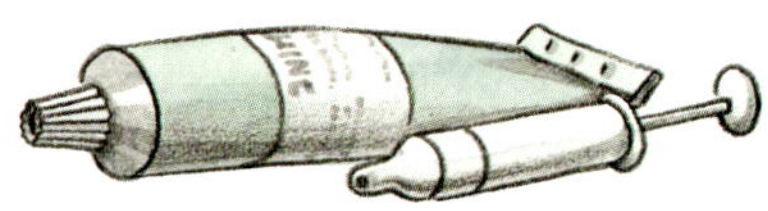

Spermizid

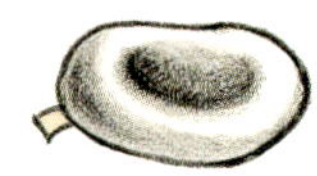

Schwämmchen (nicht in Deutschland)

Antibabypille

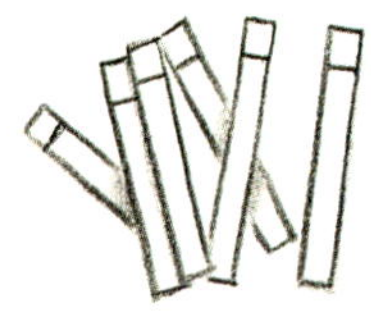

Implantat (nicht in Deutschland

Dreimonatsspritze

Diaphragma

Pessar

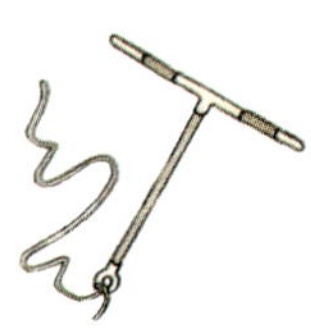

Spirale

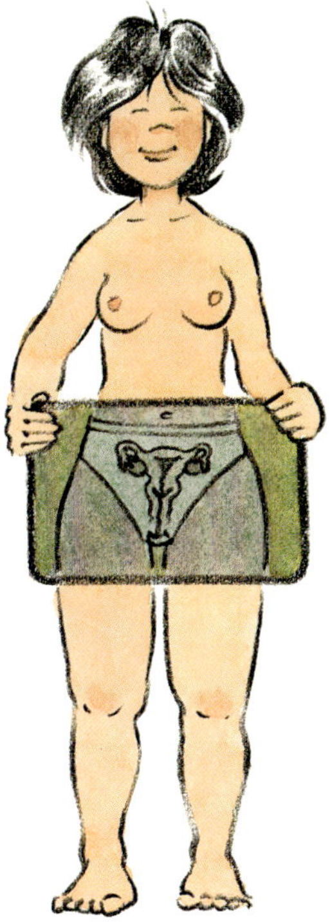

sar sind kleine Latexschälchen, die in die Vagina passen und vor dem Geschlechtsverkehr vor den Muttermund geschoben werden. Beide hindern Spermien daran, in die Gebärmutter zu gelangen und müssen immer zusammen mit einem Spermizid benutzt werden.

Ein Intra-Uterin-Pessar (Spirale) besteht aus Plastik und Kupfer und wird vom Arzt in die Gebärmutter eingesetzt und hindert Spermien daran, sich mit einer Eizelle zu vereinigen.

Der beste Schutz vor ungewollter Schwangerschaft oder einer Infektion ist die richtige Anwendung von Verhütungsmitteln.

Bei einem Notfall, zum Beispiel, wenn eine Frau vergewaltigt, also gegen ihren Willen zum Sex gezwungen wurde, oder wenn sie aus irgendeinem anderen Grund ungeschützten Geschlechtsverkehr gehabt hat, gibt es „die Pille danach", die mittels Hormonen verhindert, daß sich eine möglicherweise befruchtete Eizelle in der Gebärmutter einnistet. Dieses Mittel muß innerhalb von 72 Stunden nach dem Geschlechtsverkehr unter Aufsicht eines Arztes eingenommen werden. Die Pille danach darf nicht regelmäßig zur Empfängnisverhütung benutzt werden.

Ein Intra-Uterin-Pessar (Spirale) – innerhalb von fünf Tagen nach dem Geschlechtsverkehr in die Gebärmutter eingesetzt – kann ebenfalls ein befruchtetes Ei daran hindern, sich dort einzunisten und somit den Beginn einer Schwangerschaft unterbinden. Man spricht dann von der „Spirale danach".

Einige Formen der Empfängnisverhütung, wie die sogenannte „natürliche" Empfängnisverhütung und der unterbrochene

Wo sie hingehören

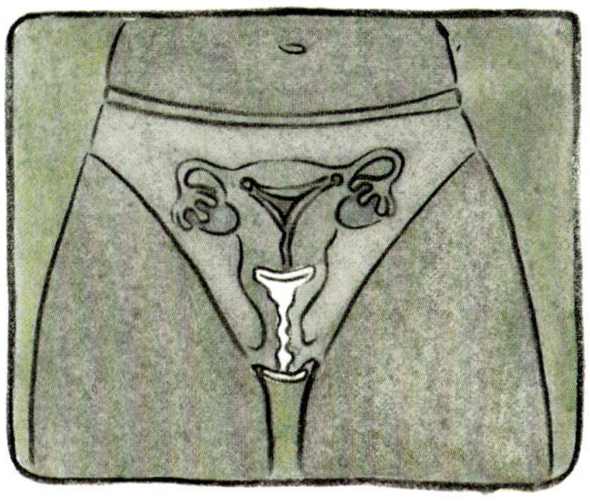

Kondom für die Frau

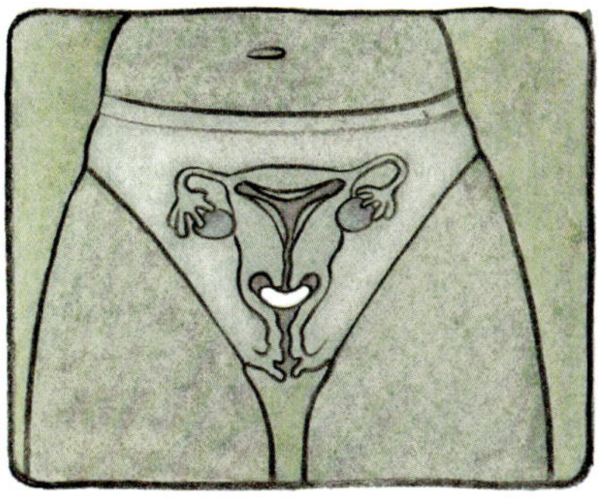

Schwämmchen

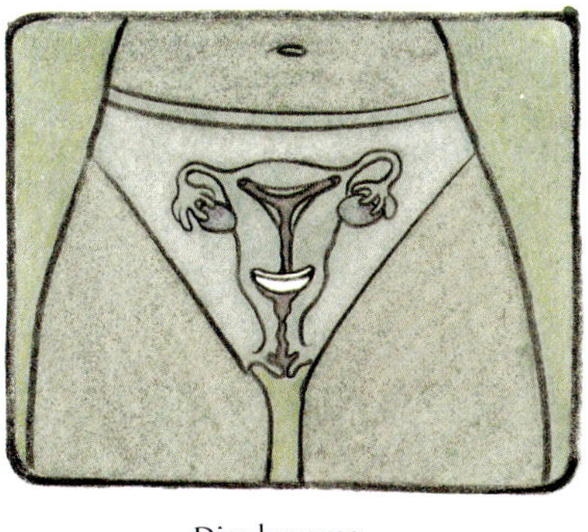

Diaphragma

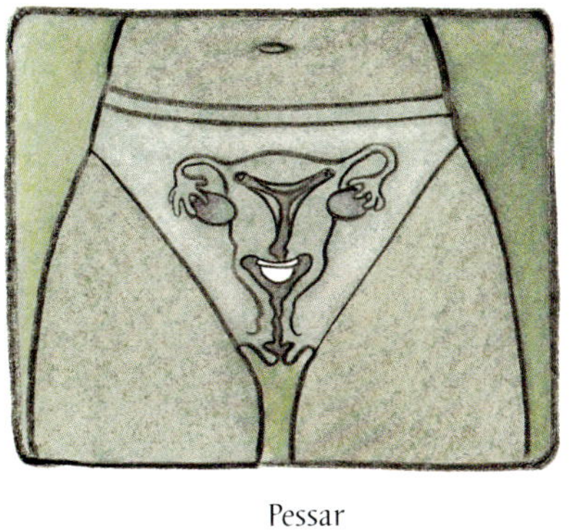

Pessar

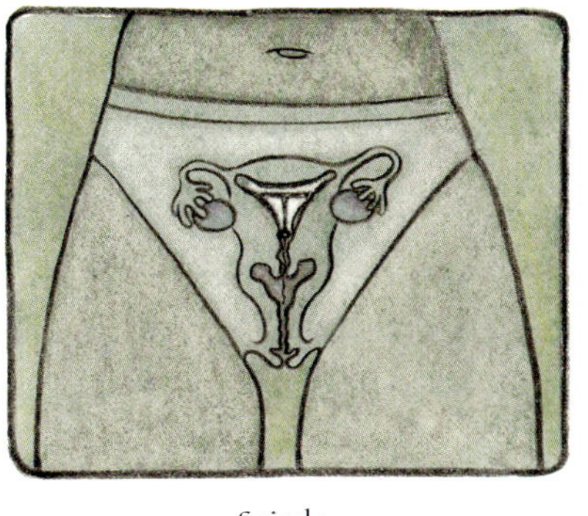

Spirale

Geschlechtsverkehr (coitus interruptus) – auch als „Rückzieher-Methode“ bezeichnet –, kommen ohne empfängnisverhütende Mittel aus.

Wenn ein Paar sich für die natürliche Empfängnisverhütung entscheidet, muß es herausfinden, wann die Eierstöcke der Frau eine Eizelle freisetzen, und verzichtet während dieser Zeit auf Geschlechtsverkehr. Allerdings ist es sehr schwierig, genau festzustellen, wann eine Eizelle freigesetzt wird, denn dieser Zeitpunkt schwankt von Monat zu Monat – besonders bei jungen Mädchen und Frauen. Die Sicherheit dieser „natürlichen“ Empfängnisverhütung hängt ausschließlich davon ab, wie gut eine Frau ihren Körper kennt. Die beiden Methoden, die beherrscht werden müssen, sind die Temperatur- und Schleimstrukturkontrolle. Alles in allem: für junge, noch unerfahrene Frauen ist diese Form der Schwangerschaftsverhütung nur selten geeignet.

Entscheidet sich ein Paar für das Abbrechen des Geschlechtsverkehrs, zieht der Junge oder der Mann seinen Penis kurz vor der Ejakulation aus der Vagina heraus. Diese Methode ist sehr riskant, denn oft tritt bereits vor der Ejakulation etwas Samenflüssigkeit aus, oder es gelingt dem Mann nicht, seinen Penis rechtzeitig vor der Ejakulation aus der Vagina zurückzuziehen.

Ist man als Frau oder Mann sicher, keine Kinder mehr haben zu wollen, entscheidet man sich für eine einfache Operation, die man als Sterilisation bezeichnet. Wenn sich ein Mann dieser Operation (Vasektomie) unterzieht, wird entweder ein kleines Stück der Samenleiter entfernt oder diese werden vom Arzt durchtrennt und abgebunden. Das bewirkt, daß die ejakulierte Samenflüssigkeit keine Spermien mehr enthält.

Unterzieht sich eine Frau dieser Operation – hier Sterilisation genannt –, werden die Eileiter durchtrennt. Dies verhindert, daß Eizellen in die Gebärmutter gelangen und befruchtet werden.

Bestimmte Religionsgemeinschaften sind gegen jede Form der Empfängnisverhütung. Andere akzeptieren lediglich die sogenannte „natürliche“ Empfängnisverhütung und den unterbrochenen Geschlechtsverkehr, nicht aber die Anwendung von rezeptfreien und rezeptpflichtigen Verhütungsmitteln. Wieder andere sind überzeugt, daß Empfängnisverhütung eine wirksame und verantwortungsbewußte Methode ist, eine Schwangerschaft zu verhindern oder auf

einen späteren Zeitpunkt zu verschieben. Sie praktizieren Empfängnisverhütung, um ihr Leben besser zu planen.

Eltern oder Ärzte sind gute Gesprächspartner, um über all diese Dinge zu reden. Aber auch Familienberatungsstellen, wie beispielsweise „Pro Familia“ oder spezielle Einrichtungen für junge Leute, bieten ebenfalls gute Informationsmöglichkeiten an.

Kapitel 24
Gesetze und Regelungen
Die Abtreibung

Eine Abtreibung ist ein medizinischer Eingriff mit dem Ziel, eine Schwangerschaft zu beenden. Diese Möglichkeit wird von einigen schwangeren Frauen genutzt. Man nennt dies auch Schwangerschaftsabbruch. Zum Thema Abtreibung gibt es die unterschiedlichsten Haltungen. Frauen, die sich zu diesem Schritt entschließen, können

sowohl ein Gefühl der Erleichterung, aber auch der Trauer empfinden. Sie machen sich die Entscheidung nicht leicht und haben oft auch Angst vor einem solchen Eingriff.

Eine Abtreibung wird normalerweise von einem Arzt im Krankenhaus oder in einer Klinik vorgenommen und ist im frühen Stadium einer Schwangerschaft ungefährlich. Die Schwangerschaft wird beendet, indem der Embryo bzw. Fötus aus der Gebärmutter entfernt wird. Der Eingriff dauert ungefähr fünf Minuten und wird gewöhnlich während der ersten drei Schwangerschaftsmonate durchgeführt.

In manchen Ländern gibt es eine Abtreibungspille (die aber in Deutschland nicht zugelassen ist), die ein Hormon enthält, das eine Schwangerschaft beenden kann. Diese Pille kann während der ersten neun Schwangerschaftswochen unter der Aufsicht eines Arztes in einer Klinik eingenommen werden. Sie bringt die Gebärmutter dazu, den Embryo mit der Schicht, in die er sich eingenistet hat, auszustoßen.

Es gibt viele Gründe, weshalb sich eine Frau oder ein Paar dafür entscheidet, eine Schwangerschaft zu beenden.

- Die Frau ist krank oder leidet an einer Erbkrankheit, so daß eine Schwangerschaft sehr riskant und lebensbedrohlich werden kann.
- Ein Test ergibt, daß das Kind mit einer schweren Erbkrankheit oder einem schweren Geburtsfehler auf die Welt kommen würde.
- Die Mutter oder der Vater ist krank und kann sich nicht um das Kind kümmern.
- Die Eltern haben nicht genug Geld oder zuwenig Zeit, um angemessen für das Kind sorgen zu können, oder sie haben bereits Kinder und können sich keine weiteren leisten.
- Die Eltern fühlen sich zu jung und außerstande, sich verantwortungsvoll um das Kind kümmern zu können.
- Die Frau fühlt sich noch nicht zu einer Schwangerschaft bereit.
- Die Frau wurde gegen ihren Willen zum Geschlechtsverkehr gezwungen, also vergewaltigt, und wurde dabei schwanger.
- Die Frau ist alleinstehend und fühlt sich nicht in der Lage, ein Kind alleine großzuziehen.
- Die Frau wollte nicht schwanger werden.

Die Meinungen der Leute gehen darüber auseinander, ob eine Frau das Recht hat, selbst über eine Abtreibung zu entscheiden. In einigen Ländern gehört das Recht auf Abtreibung zu den Grundrechten von Mädchen und Frauen. In anderen Ländern ist Abtreibung zwar üblich, aber gesetzlich nicht abgesichert. Und in wieder anderen Ländern sind Abtreibungen entweder gesetzlich eingeschränkt oder unter Strafandrohung untersagt.

Abtreibungsgesetze und Regelungen in Deutschland:

Eine Abtreibung bzw. ein Schwangerschaftsabbruch ist in Deutschland nach dem Urteil des Bundesverfassungsgerichts vom 28. Mai 1993 unter folgenden Voraussetzungen möglich:

Abbruch ohne Indikationsfeststellung

- Die schwangere Frau muß sich der gesetzlich vorgeschriebenen Beratung unterziehen.
- Der Eingriff darf frühestens am 4. Tag nach dem Tag vorgenommen werden, an dem die Beratung abgeschlossen wurde.
- Er muß von einer Ärztin oder einem Arzt bis zum Ende der 12. Woche nach der Empfängnis durchgeführt werden.

Abbruch mit Indikationsfeststellung

Wenn aus ärztlicher Sicht eine Indikation vorliegt, gilt ein Schwangerschaftsabbruch als „rechtmäßig". Die Kassen übernehmen die Kosten dann vollständig. Der Arzt, der die Indikation stellt, darf nicht der sein, der später den Abbruch vornimmt. Gesetzliche Indikationen sind:

1. „Medizinische Indikation": die Fortsetzung der Schwangerschaft würde eine schwerwiegende Gefahr für die körperliche oder seelische Gesundheit der Frau bedeuten. In diesem Fall muß die Schwangere sich nicht beraten lassen. Auch gibt es keine Frist, bis wann der Abbruch durchgeführt werden muß.

2. „Embryopathische Indikation": aus ärztlicher Sicht wäre mit einer erheblichen gesundheitlichen Schädigung des Kindes zu rechnen. In diesem Fall muß die schwangere Frau sich vor dem Eingriff beraten lassen. Der Abbruch darf nur bis zum Ende der 22. Woche nach der Empfängnis vorgenommen werden.

3. „Kriminologische Indikation": Die Frau ist durch eine Straftat, z. B. eine Vergewaltigung, schwanger geworden. Eine solche Indikation darf nur durch einen Vertrauensarzt der Krankenkassen oder den zuständigen Amtsarzt gestellt werden. Die Schwangere muß sich beraten lassen, und der Abbruch darf nur bis zum Ende der 12. Woche durchgeführt werden.

Beratung

Die Beratung, so das Verfassungsgericht, muß „ergebnisoffen" sein. Das heißt: Die Frau trifft die Entscheidung selbst. Sie soll nicht überredet werden, die Schwangerschaft fortzusetzen.

Die Befürworter der Abtreibungsregelung sind der Meinung, daß jede Frau das Recht hat, abzutreiben und selbst darüber zu entscheiden, ob sie den Fötus austragen will oder nicht. Abtreibungsgegner wiederum sprechen der Frau dieses Recht ab. Sie gehen davon aus, daß Leben bereits mit der Empfängnis beginnt und daß ein Embryo bzw. Fötus das Recht hat, im Bauch der Mutter zu wachsen und geboren zu werden, unabhängig davon, was die Mutter selbst will.

Da sich Gesetze auch ändern können und je nach Land ver-

schieden sind, solltest du deine Eltern oder Lehrer fragen, welche Abtreibungsgesetze zur Zeit gültig sind.

Manchmal, während der ersten Monate der Schwangerschaft, kommt es zu einem ungewollten Abort (Abtreibung). Man bezeichnet das als Fehlgeburt. Dabei wird der Embryo oder Fötus aus der Gebärmutter ausgestoßen. Die Ursachen sind verschieden, oft setzt jedoch ein Abort ein, wenn der Fötus sich nicht normal entwickelt.

Auch wenn man den Grund des Aborts nicht ermitteln kann und es zu einer Fehlgeburt kommt, können diese Frauen durchaus wieder schwanger werden und gesunde Kinder zur Welt bringen. Das gleiche gilt auch für Frauen, die abgetrieben haben.

Teil 6

Die Gesundheit

Kapitel 25

Sprich drüber

Sexueller Mißbrauch

Es ist traurig, aber wahr, daß das sexuelle Verhalten mancher Leute gefährlich sein und andere sogar verletzen kann.

Diese Art von Verhalten wird als sexueller Mißbrauch bezeichnet.

Sexueller Mißbrauch ist ein Thema, mit dem sich Kinder und Erwachsene sehr schwer tun und worüber sie nicht gerne reden. Man hört darüber oft falsche und verwirrende Dinge.

Obwohl die meisten Kinder den Begriff „sexueller Mißbrauch" vielleicht schon einmal gehört haben, bedeutet das noch lange nicht, daß sie auch wissen, was darunter zu verstehen ist. *Sexuell* bedeutet, daß es irgend etwas mit Sex zu tun hat. Mißbrauch = Mißhandlung, falsche Behandlung.

Sexueller Mißbrauch liegt dann vor, wenn jemand einen anderen sexuell mißhandelt. Das kommt vor, wenn jemand einem anderen körperlich überlegen ist und dies sexuell ausnutzt. Dazu hat niemand das Recht.

Erwachsene wie Kinder sind dazu angehalten, andere mit Respekt zu behandeln.

Sexueller Mißbrauch liegt vor, wenn jemand die Regeln im Umgang mit dem Körper einer anderen Person verletzt.

Sexueller Mißbrauch liegt vor, wenn jemand die intimen Körperteile (Geschlechtsteile) einer anderen Person gegen deren Willen berührt. Sexueller Mißbrauch liegt auch vor, wenn jemand eine andere Person zwingt, seine Geschlechtsteile zu berühren oder zu manipulieren.

Dieser jemand kann jemand sein, den der oder die Betroffene kennt und vielleicht liebt, oder aber ein Fremder. Sexueller Mißbrauch kann zwischen Erwachsenen und Kindern vorkommen, sogar zwischen einem Elternteil und einem Kind und unter Geschwistern. Sexueller Mißbrauch kann sowohl Jungen als auch Mädchen betreffen.

Das „normale", alltägliche Küssen, Umarmen, Streicheln, Händchenhalten und Berühren zwischen Familienmitgliedern und guten Bekannten hat natürlich nichts mit sexuellem Mißbrauch zu tun, sondern ist Ausdruck von Zuneigung und Liebe.

Auch eine Untersuchung im Genitalbereich durch einen Arzt, eine Ärztin oder Krankenschwester ist kein sexueller Mißbrauch. Diese Untersuchungen sind insbesondere bei Mädchen und Frauen zur Kontrolle wichtig.

Sexueller Mißbrauch ist in der Regel schmerzhaft und unangenehm. Aber nicht jede Form des sexuellen Mißbrauchs schmerzt; man kann auch auf scheinbar liebevolle und sanfte Art sexuell mißbraucht werden.

In diesem Fall ist es oft sehr verwirrend, weil eigentlich nicht zu begreifen ist, daß etwas so Schlimmes gleichzeitig auch liebevoll und sanft sein kann.

Ob sexueller Mißbrauch wehtut oder sich sanft oder sogar liebevoll anfühlt, er bleibt doch unrecht. Besonders Erwachsene wissen das. Wenn es dir passiert, ist das keinesfalls deine Schuld.

Selbst wenn Kinder die Verhaltensregeln nicht kennen, Erwachsene kennen sie oder sollten sie zumindest kennen.

Du mußt wissen, daß dein Körper nur dir gehört! Es ist auch wichtig zu wissen, daß viele Leute Kinder gern haben und dafür Sorge tragen, daß ihnen nichts passiert.

Wenn jemand deinen Körper berührt, ohne daß du es willst, dann wehr dich sofort mit „Nein!", „Stop!" oder „Ich will das nicht!"

Auch verbale Belästigungen, schmutzige Wörter über Sex, oder anzügliche Bemerkungen über deinen Körper sind eine Form von sexueller Belästigung. Auch das mußt du dir nicht gefallen lassen.

Selbstverständlich haben gute Freunde oder Freundinnen Geheimnisse. Das ist auch völlig in Ordnung. Aber wenn sexueller Mißbrauch vorliegt, gilt das nicht. Hier ist es wichtig – auch gegen ein Versprechen –, dieses Wissen einer Person, der du vertraust, mitzuteilen. Wenn diese Person dir nicht zuhört, dann wende dich an jemand anderen. Sprich solange darüber, bis du jemanden findest, der dich ernstnimmt und dir glaubt. Diese Person wird dir helfen.

Vergiß nicht: Es ist nicht deine Schuld, wenn dich jemand mißbraucht!

Auch du solltest niemals jemanden in irgendeiner Weise mißbrauchen, denn das ist unfair. Du hast kein Recht dazu. Wenn jemand *nein* sagt, mußt du dieses *Nein* akzeptieren und die Wünsche deines Gegenübers respektieren.

Die meisten Menschen wollen nicht über sexuellen Mißbrauch sprechen. Heutzutage fällt es vielen allerdings leichter als noch vor zwanzig Jahren. Es erleichtert ungemein, mit einer Person, der du unbedingt vertrauen kannst, über den sexuellen Mißbrauch zu reden.

Kapitel 26
Kontrolluntersuchungen
Sexuell übertragbare Krankheiten/Geschlechtskrankheiten

Sex ist ein wichtiger Bestandteil unseres Lebens. Allerdings werden bestimmte Krankheiten durch sexuellen Kontakt auf andere Personen übertragen. Ein anderer Ausdruck für diese Form der Erkrankung ist *Geschlechtskrankheit*.
Infektionen und Krankheiten wie Erkältungen und Grippe werden durch Keime verursacht, die so klein sind, daß man sie nur durch ein Mikroskop erkennen kann. Nicht alle Keime verursachen Krankheiten, aber einige – beispielsweise Viren und Bakterien – schon. Keime können von einer Person auf die andere übertragen werden. Dies geschieht auf verschiedenen Wegen: durch Niesen, Händeschütteln, das Benutzen desselben Glases, Tellers oder Bestecks.

Geschlechtskrankheiten unterscheiden sich von den meisten anderen Infektionen dadurch, daß sie durch sexuellen Kontakt übertragen werden. Den meisten ist es unangenehm, über Geschlechtskrankheiten zu reden.

Es gibt viele Geschlechtskrankheiten. Einige davon sind nicht sehr schwerwiegend. Andere wiederum können äußerst gefährlich sein und verhindern, daß man Kinder bekommen kann; ja, sie können sogar tödlich sein. Aber

die meisten können geheilt werden. Für unheilbar Kranke gibt es Arzneimittel und Behandlungen, die verhindern sollen, daß es ihnen schlechter geht.

Aber nicht nur durch Keime kann man sich eine Geschlechtskrankheit zuziehen. Einige Geschlechtskrankheiten, wie Filzläuse oder Krätze, werden durch winzige Insekten verursacht.

Filzläuse sind eine gängige Geschlechtskrankheit. Diese kleinen, sechsfüßigen Insekten leben gerne in warmen, behaarten Körperregionen wie dem Schambereich, und werden durch sexuellen Kontakt übertragen. Der Befall durch Schamläuse kann durch Anwendung eines Medikaments, das die Läuse im Schambereich abtötet, leicht beseitigt werden. Diese Läuse unterscheiden sich von Kopfläusen dadurch, daß letztere nicht durch sexuellen Kontakt übertragen werden. Kopfläuse sind keine Geschlechtskrankheit.

Krätze kann eine Geschlechtskrankheit sein, muß aber nicht. Sie wird ebenfalls durch winzige Insekten, nämlich Milben, verursacht, die einen starken Juckreiz im Bereich der Genitalien, aber auch in anderen Körperregionen, mit Ausnahme von Nacken und Kopf, hervorrufen. Krätze behandelt man durch Auftragen von Medikamenten auf die infizierten Körperstellen.

Sexueller Kontakt ist nicht die einzige Möglichkeit, Filzläuse oder Krätze zu bekommen. Auch durch den Kontakt mit Bettwäsche, Handtüchern oder Kleidung einer infizierten Person können diese Krankheiten übertragen werden.

Syphilis, Gonorrhöe (Tripper) und die Infektion durch Chlamydien sind drei Geschlechtskrankheiten, die durch Bakterien hervorgerufen werden. Sie werden normalerweise geheilt, wenn man frühzeitig einen Arzt aufsucht oder in eine Klinik geht und richtig behandelt wird. Unbehandelt stellen sich schwerwiegende Folgen ein. Man kann beispielsweise erblinden oder unfruchtbar werden. Schwangere Mütter übertragen die Geschlechtskrankheiten auf das ungeborene bzw. neugeborene Kind (z. B. während der Geburt) und schaden ihm somit. Syphilis ist eine äußerst gefährliche Geschlechtskrankheit, die zum Tod führen kann, wenn sie nicht frühzeitig vom Arzt erkannt wird.

Hepatitis B ist eine Geschlechtskrankheit, die durch einen Virus hervorgerufen wird, der die Leber befällt. Hepatitis B ist sehr ansteckend und kann durch Küssen, durch Geschlechtsverkehr oder unsaubere Nadeln und Kanülen übertragen werden. Drogenabhängige, die unsaubere Nadeln verwenden bzw. diese gemeinsam benutzen, sind hochgradig gefährdet, an Hepatitis B zu erkranken. Auch bei Tätowierungen oder beim Ohrlöcher stechen muß streng darauf geachtet werden, daß eine brandneue, keimfreie Nadel verwendet wird. Es gibt keine Arznei gegen Hepatitis B, aber es existiert ein Impfstoff. Die meisten Menschen, die an Hepatitis B erkranken, erholen sich wieder. Der Virus jedoch kann auch tödlich wirken.

Feigwarzen sind eine andere Geschlechtskrankheit, die durch einen Virus verursacht wird. Sie bilden sich an den Genitalien oder am After und können stark jucken und sich entzünden. Die einzige Behandlungsmöglichkeit ist, sie zu entfernen, aber Feigwarzen sind hochgradig ansteckend und können nachwachsen. Es gibt kein Heilmittel für diese Geschlechtskrankheit. Wenn die Warzen nicht sofort durch einen Arzt entfernt werden, können sie sich rasch vermehren. Feigwarzen können bei einer Frau das Risiko erhöhen, Gebärmutterhals-Krebs zu bekommen.

Herpes-simplex-Viren verursachen eine Infektion, die, wenn auch nicht immer, sexuell übertragbar ist. Der Virus wird durch Hautkontakt von einer Person auf die andere übertragen und ist sehr ansteckend. Es gibt zwei Arten dieses Virus. Herpes 1 verursacht blasenähnliche Entzündungen im Mund-, Nasen- oder Augenbereich. Herpes 2 oder Genital-Herpes verursacht blasenähnliche Entzündungen im Bereich der Genitalien und des Afters. Für den Herpes-simplex-Virus ist noch kein Heilmittel gefunden worden, aber beide Versionen können vom Arzt mit

Medikamenten behandelt werden, die dafür sorgen, daß die Entzündungen verschwinden und die betroffenen Stellen abheilen. Die Entzündungen können jedoch immer wieder auftreten.

Meistens bekommen Erwachsene und Teenager Geschlechtskrankheiten. Werden beim Geschlechtsverkehr regelmäßig Kondome aus Latex oder Polyurethan richtig benutzt, kann dies vor Geschlechtskrankheiten schützen bzw. verhindern, daß sie übertragen werden. Es ist eine

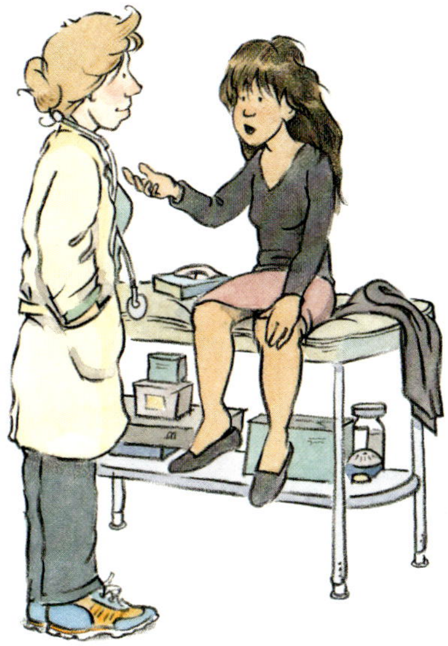

Möglichkeit, „Safer Sex" zu praktizieren. Ungeschützter Geschlechtsverkehr ist äußerst riskant.

Nicht alle Infektionen werden durch sexuellen Kontakt übertragen. Wenn du Beschwerden oder Schmerzen im Bereich der Geschlechtsorgane spürst, muß dies ärztlich kontrolliert werden.

Sofortige ärztliche Hilfe und Versorgung sexuell bedingter Krankheiten kann lebensrettend sein und eine Übertragung der Krankheit auf eine weitere Person verhindern.

Kapitel 27

Wissenschaftler forschen Tag und Nacht

HIV und AIDS

Die HIV-Infektion ist die neueste Geschlechtskrankheit und die gefährlichste aller sexuell übertragenen Krankheiten. HIV ist der Keim – der Virus –, der AIDS verursacht. Das Wort „HIV" setzt sich aus den Anfangsbuchstaben des englischen Begriffs *Human-Immunodeficiency-Virus* zusammen, auf deutsch: *Menschlicher Immunschwäche-Virus.* Ein Virus ist ein Keim, der Menschen krank machen kann. AIDS kommt ebenfalls aus dem Englischen und steht für *Acquired Immune Deficiency Syndrome,* auf deutsch: *Erworbenes Immunschwäche-Syndrom.*

Immunschwäche bedeutet, daß der Körper nicht in der Lage ist, Infektionen abzuwehren und zu bekämpfen. Syndrom heißt, daß die Krankheit sich durch verschiedene Krankheitszeichen äußert, wie zum Beispiel durch Fieber oder Appetitlosigkeit.

Krankheitszeichen nennt man auch *Symptome.* Ein HIV-Infizierter, der an AIDS erkrankt, ist nicht mehr in der Lage, sich vor Infektionen zu schützen und sie zu bekämpfen. Die körpereigene Abwehr kommt zum Erliegen. Nach dem derzeitigen Forschungsstand gilt als sicher, daß Aids nach Ausbruch der Krankheit in aller Regel zum Tod führt. Bei den meisten der Infizierten stellen sich nachfolgende Symptome ein: Husten, Fieber, Gewichtsverlust, geschwollene Drüsen, Durchfall sowie die Unfähigkeit, klar zu denken oder zu sehen. Das tückische dieser HIV-Viren ist, daß sie das körpereigene Immunsystem von innen heraus zerstören und über einen langen Zeitraum unbemerkt in den Zellen des Abwehrsystems „nisten" können.

Ein Medikament, das den Virus besiegt, ist zur Zeit noch

nicht verfügbar, wohl aber Behandlungsmethoden, die den Zeitpunkt der Erkrankung hinauszögern.
Jeder kann sich mit dem HIV-Virus infizieren, egal ob jung oder alt, männlich oder weiblich, reich oder arm, hetero- oder homosexuell, berühmt oder nicht berühmt, schwach oder stark. Der HIV-Erreger nimmt keine Rücksicht auf Klasse, Religion oder ethnische Zugehörigkeit. Jeder kann sich infizieren!

Ein vom Arzt durchgeführter Bluttest, und nur der, gibt Gewißheit darüber, ob man mit HIV infiziert ist. Auch nach einer Infizierung kann es noch viele Jahre dauern, bis die Krankheit ausbricht. Während dieser Zeit kann man ein „normales" Leben führen. „HIV-positiv" bedeutet, daß man mit dem AIDS-Virus infiziert ist.

Wodurch man NICHT mit HIV infiziert werden kann:

- Nicht anstecken kannst du dich beim Fangenspielen, Umarmen, Händeschütteln oder beim Begrüßungskuß auf die Wange.

- Ebensowenig wird HIV durch gemeinsames Benutzen von Geschirr, Kämmen, Bürsten, Türklinken oder Toilettensitzen übertragen.
- Auch die sonst bei Viren möglichen Ansteckungswege durch Niesen oder Husten sind ausgeschlossen.
- Du kannst HIV nicht durch Blutspenden bekommen.
- Auch der Stich einer Stechmücke oder der Biß eines Flohs kann keine HIV-Viren übertragen.
- HIV wird nicht übertragen durch die bloße Anwesenheit einer HIV-infizierten Person, die sich zum Beispiel im selben Schulraum aufhält. Deshalb ist es auch völlig unproblematisch, wenn du Aids-

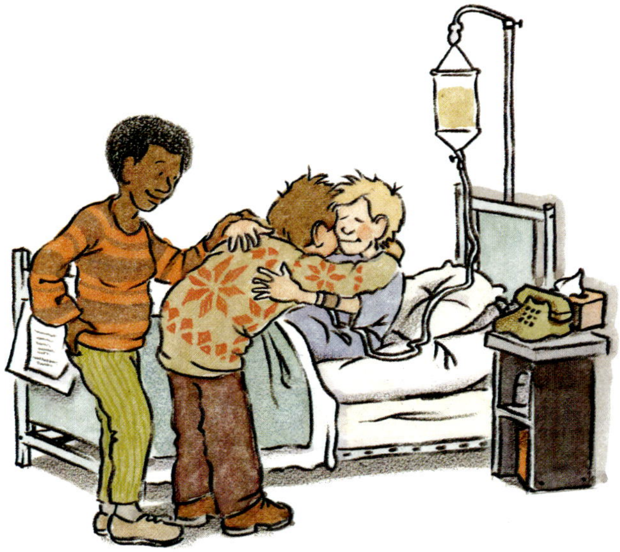

Kranke zuhause oder im Krankenhaus besuchst. Auch im Schwimmbad ist eine Ansteckungsgefahr nicht gegeben.

Wie man sich mit HIV anstekken KANN:

- Du kannst dich beim Geschlechtsverkehr mit HIV infizieren. Sowohl Samen- als auch Scheidenflüssigkeit von HIV-Infizierten transportieren HIV-Erreger. Man kann sich anstecken, auch wenn bei der betreffenden Person die Krankheit noch nicht ausgebrochen ist und sie völlig gesund erscheint.
- Das bedeutet, daß ungeschützter Sex mit HIV-Infizierten ein hohes Risiko birgt. Jeder Kontakt mit den Genitalien, jede Berührung von Penis, Vagina oder After mit dem Mund ist äußerst riskant. Auf alle Fälle muß dann bei jedem Geschlechtskontakt ein Kondom aus Latex oder Polyurethan (zusätzlich mit einem Gleitmittel auf Wasserbasis) sorgfältig benutzt werden. Ungeschützter Geschlechtsverkehr ist äußerst gefährlich!
- Du kannst dich mit HIV-Viren infizieren, wenn Blut einer HIV-infizierten Person in deinen Blutkreislauf gelangt. Blutserum muß vor jeder Bluttransfusion auf HIV-Viren getestet werden.
- Drogenabhängige, die die gleiche Nadel oder Kanüle von HIV-Infizierten benutzen, sind hochgradig gefährdet. Keimfreie, sterile Einmalspritzen, von einem Arzt oder einer Krankenschwester verabreicht, sind jedoch ungefährlich. Bei Tätowierungen oder dem Stechen von Ohrlöchern ist es wichtig, sich zu vergewissern, daß die Nadel unbenutzt und keimfrei ist.
- Eine HIV-infizierte schwangere Frau kann den Virus im Falle einer Schwangerschaft oder während des Geburtsvorgangs an ihr Kind weitergeben. Deshalb kommen manche Kinder bereits HIV-positiv auf die Welt. Wahrscheinlich wird der Virus auch über die Muttermilch weitergegeben.

Glücklicherweise haben Wissenschaftler und Ärzte Möglichkeiten entdeckt, wie man sich vor HIV-Infektionen schützen kann. Sexuelle Enthaltsamkeit ist aber der einzig sichere Weg (sofern man nicht über verseuchtes Blutserum infiziert wird), eine HIV-Infektion zu verhindern.

Wer sich jedoch für „Safer Sex" entscheidet und sich beim Geschlechtsverkehr mit einem Kondom aus Latex oder Polyurethan schützt, verringert das Risiko einer HIV-Infektion.

Keine gebrauchten Nadeln oder Kanülen benutzen! Auch das ist eine Möglichkeit, das Risiko einer Ansteckung zu vermeiden.

strikte Verhütung sind der sicherste Schutz!

Viele HIV-Infizierte oder bereits an AIDS Erkrankte sind in der Lage, einige Jahre „normal“ weiterzuleben, bis zu dem Moment, wo die Viren den Kampf im Körper gewonnen und ihn total geschwächt haben.

Es passiert nicht selten, daß HIV-Infizierte oder AIDS-Kranke, egal ob Kinder, Teenager oder Erwachsene, diskriminiert werden. Bisweilen wurden Familien gezwungen, umzuziehen, damit erkrankte Kinder in eine Schule gehen konnten, in der ihre HIV- bzw. AIDS-Erkrankung nicht bekannt war. Und Erwachsene verloren ihre Arbeit, wenn herauskam, daß sie HIV-positiv sind oder AIDS haben.

Es ist für jeden HIV-Infizierten schwer, mit der Krankheit zu leben. Umsomehr wird er sich über jeden freundschaftlichen Kontakt, jede nette Geste freuen!

Wissenschaftler auf der ganzen Welt arbeiten Tag und Nacht, um einen Impfstoff zu entwickeln, der einen wirksamen Schutz vor dem HIV-Erreger bietet. Genauso wie es Impfstoffe gegen Masern, Mumps oder Kinderlähmung gibt, könnte ein Impfstoff vor einer HIV-Infektion schützen und damit eine AIDS-Erkrankung verhindern.

Wissenschaftler erforschen aber auch Behandlungsmöglichkeiten, die Infizierten oder bereits an AIDS Erkrankten ein längeres und beschwerdefreies Leben ermöglichen helfen. Sie hoffen, daß über solche Behandlungsmaßnahmen der Virus entweder nicht aktiv wird und somit seinem Träger nicht schaden oder daß er gar abgetötet werden kann.

Aber das Wissen um die Gefahren der Ansteckung sowie eine

Kapitel 28

Gesund bleiben

Verantwortungsbewußte Entscheidungen treffen

Ein großer Teil des Erwachsenwerdens besteht darin, zu ler-

nen, gut auf sich selbst zu achten.

Gesunde Ernährung, tägliche Bewegung, Körperhygiene, keine Drogen und kein Alkohol, regelmäßige ärztliche Kontrolluntersuchungen – all das hilft, die Pubertät gesund zu „durchlaufen".

Pubertät bedeutet aber auch, für deine Handlungen Verantwortung zu übernehmen. Das heißt, vernünftige Entscheidungen zu treffen, wenn es um dich, deinen Körper und um Sex geht.

Aber nicht nur der Körper und die Gesundheit sind wichtig, son-

dern auch Freundschaften. Und die setzen voraus, daß man auch auf den anderen, die Freundin, den Freund, achtet und deren Wünsche und Vorstellungen akzeptiert. Freundschaften verpflichten einerseits, während sie dir andererseits gleichzeitig auch helfen. Dazu gehört auch das Miteinanderteilen von Büchern, Klamotten, CDs, Fahrrädern usw. Aber auch das Teilen von Geheimnissen.

Während jeder Lebensphase sind Freundschaften wichtig.

Die Pubertät ist eine aufregende, aber manchmal auch gefährliche Zeit. Selbst gute Freunde versuchen bisweilen, dich dazu zu drängen oder davon zu überzeugen, neue Dinge auszuprobieren. Einige davon, zum Beispiel Alkohol und Drogen, aber auch Sex oder bestimmte Sexpraktiken, wirst du unter Umständen ablehnen. Wichtig ist, daß du alles, was du nicht willst, bestimmt

ablehnst. Denn nur du weißt, was du willst! Informiere dich immer über Risiken!

Jeder ist verpflichtet, verantwortungsbewußte Entscheidungen für sich, aber auch für andere zu treffen.

Normal
ODER
PEINLICH?
SAG MAL, FINDEST DU ES NORMAL ODER IMMER NOCH PEINLICH, ÜBER KÖRPER UND SEX ZU REDEN UND NACHZUDENKEN?
ICH FIND'S NORMAL, – ABER PEINLICH, MICH DAS ZU FRAGEN.
EHRLICH?
WAR NUR 'N JOKE.
PASS AUF, ZWITSCHERLING: KEINE KÖRPER, KEIN SEX, KEINE MENSCHEN MEHR!
KAPIER ES! DIE MEISTEN KINDER DENKEN ÜBER KÖRPER UND SEX NACH, UND VIELE TEENIES REDEN UND MACHEN SOGAR WITZE DARÜBER.
WETTEN, ERWACHSENE AUCH?
STIMMT! ALLE MÖGLICHEN SCHRIFTSTELLER, MALER UND MUSIKER BEFASSEN SICH DAMIT.
UND FERNSEHEN, RADIO, VIDEOS, FILME, BÜCHER, ZEITSCHRIFTEN, ANZEIGEN UND WERBUNG BRINGEN WAS DAZU.
SCHLUSS!
ÜBER KÖRPER UND SEX NACHZUDENKEN, ALLES DARÜBER WISSEN ZU WOLLEN ...
UND SOGAR DARÜBER ZU REDEN ...
...IST TOTAL NORMAL!
NDLICH HABEN WIR UNS AUF WAS GEEINIGT!
ECHT?

Index

O nein, das Ende!
Gottseidank, das Ende!

Adressen von PRO FAMILIA

Baden-Württemberg
Landesverband:
70188 Stuttgart - Haußmannstr. 6 -
Tel.: (07 11) 21 55 - 108/9
Beratungsstellen:
79098 Freiburg -Marienstr.7 -
Tel.: (07 61) 268 50
73033 Göppingen - Ulrichstr. 30 -
Tel.:(071 61)133 22
69117 Heidelberg - Friedrich-Ebert-Anlage 19 - Tel.: (062 21) 18 44 40
74072 Heilbronn - Untere Neckarstr. 40 -
Tel.: (071 31) 891 77
76133 Karlsruhe* - Kaiserstr. 209/III-
Tel.: (07 21) 274 41
73230 Kirchheim/Teck - Wellingstr. 8-10 -
Tel.: (070 21) 36 97
78462 Konstanz - Muntpratstr. 13 -
Tel.: (0 75 31) 263 90
71229 Leonberg - Rutesheimer Str. 50/1 -
Tel.: (071 52) 210 71 / 72
71634 Ludwigsburg - Schloßstr. 9 -
Tel.: (071 41) 92 34 44
68161 Mannheim - M 2, Nr. 14 -
Tel.: (06 21) 2 77 20
75175 Pforzheim* - Gerberstr. 4 (Emma-Jäger-Bad) - Tel.: (072 31) 341 80
72764 Reutlingen - Urbanstr. 20 -
Tel.: (071 21) 421 22
74523 Schwäbisch Hall - Katharinenstr. 9 - Tel.: (07 91) 73 84
78224 Singen - Schwarzwaldstr. 32 -
Tel.: (077 31) 611 20
70176 Stuttgart - Schloßstr. 60 -
Tel.: (07 11) 62 26 18 oder 62 51 05
72072 Tübingen - Hechinger Str. 8 -
Tel.: (070 71) 341 51
78050 VS-Villingen - Benediktinerring 7 -
Tel.: (077 21) 590 88
71332 Waiblingen - Bürgermühlenweg 11 - Tel.: (071 51) 551 45

Bayern
Landesverband:
80799 München - Türkenstr. 103/1 -
Tel.: (089) 39 90 79
Beratungsstellen:
86150 Augsburg - Zeugplatz 9 -
Tel.: (08 21) 381 91
96050 Bamberg - Kunigundenruhstr. 24 -
Tel.: (09 51) 247 29
87435 Kempten - Salzstr. 13 -
Tel.:(08 31) 189 54
80799 München* - Türkenstr. 103/1 -
Tel.: (089) 39 90 79
90489 Nürnberg* - Äußere Cramer-Klett-Str. 9 - Tel.: (09 11) 55 55 25
94034 Passau - Vilshofener Str. 36 -
Tel.: (08 51) 531 21
93053 Regensburg - Friedenstr. 16 -
Tel.: (09 41) 70 44 55
97080 Würzburg - Juliuspromenade 60 -
Tel.: (09 31) 169 72

Berlin
Landesverband:
10787 Berlin - Ansbacher Str. 11 -
Tel.: (030) 213 90 13
Beratungsstellen:
10787 Berlin - Ansbacher Str. 11 -
Tel.: (030) 213 90 13
10555 Berlin - Gotzkowskystr. 8 -
Tel.: (030) 392 60 19

Brandenburg
Landesverband:
14478 Potsdam - Gartenstr. 42 -
Tel.: (03 31) 709 32 05/06
Beratungsstellen:
16259 Bad Freienwalde - Berliner Str. 1
Tel.:(033 44) 35 9714806 Belzig - Ernst-Thälmann-Str. 2 - Tel.: (03 38 41) 27 24
14776 Brandenburg - Otto-Nuschke-Str. 15 - Tel.:(033 81) 247 51/53
15890 Eisenhüttenstadt - Saarlouiser Str. 16 - Tel.:(033 64) 447 70
15230 Frankfurt/Oder - Gubener Str. 5/6 - Tel.: (03 35) 32 53 65
15517 Fürstenwalde - Karl-Liebknecht-Str. 21 - Tel.: (03361) 69 81 80
14473 Potsdam - Heinrich-Mann-Allee 103 - Tel.: (03 31) 86 06 68
16303 Schwedt - Platz d. Befreiung 6,Zi. 225-227 - Tel.:(033 32) 44 64 51 od. 44 64 49
01968 Senftenberg -Ernst-Thälmann-Str. 66 - Tel.: (035 73) 79 49 30
17268 Templin - Obere Mühlenstr. 10a -
Tel.: (039 87) 537 27
19322 Wittenberge - Heinrich-Heine-Platz 7 - Tel.: (038 77) 707 82

Bremen
Landesverband:
28205 Bremen - Stader Str. 35 -
Tel.: (04 21) 44 46 24
Beratungsstellen:
28205 Bremen (Institut f. FP) -
Stader Str. 35 - Tel.: (04 21) 499 20 90
28205 Bremen - Stader Str. 35 -
Tel.: (04 21) 498 84 85
27570 Bremerhaven - Berliner Platz 1 -
Tel.: (04 71) 2 87 22

Hamburg
Landesverband:
22305 Hamburg - Poppenhusenstr. 12 -
Tel.: (040) 299 43 95
Beratungsstellen:
22765 Hamburg - Mottenburger Twiete 12 - Tel.: (040) 390 72 66
22305 Hamburg - Poppenhusenstr. 12 -
Tel.: (040) 29 07 02
21033 Hamburg - Oberer Landweg 10 -
Tel.: (040) 724 78 39
21073 Hamburg - Am Irrgarten 3-9 -
Tel.: (0 40) 766 68 12
21107 Hamburg - Rotenhäuser Damm 30 - Tel.: (040) 752 31 56
22767 Hamburg (FPZ) - Bei der Johanniskirche 20 - Tel.: (040) 439 28 22

Hessen
Landesverband:
60314 Frankfurt am Main - Schichaustr. 3-5 - Tel.: (069) 44 70 61
Beratungsstellen:
36304 Alsfeld - Volkmarstr. 3 -
Tel.: (066 31) 62 07

36251 Bad Hersfeld - Kreisgesundheitsamt Eingang 4, Friedrich-Ebert-Str. 7 - Tel.: (066 21) 873 69
64625 Bensheim - Wambolter Hof 8 - Tel.: (062 51) 681 91
64287 Darmstadt* - Landgraf-Georg-Str. 120 - Tel.: (061 51) 432 64
63128 Dietzenbach* - Friedensstr. 38 - Tel.: (060 74) 22 65
60322 Frankfurt-Zentr.* - Auf der Körnerwiese 5 - Tel.: (069) 59 92 86
60389 Frankfurt-Bornhm. - Böttgerstr. 20 - Tel.: (069) 46 81 46
65929 Frankfurt-Höchst* - Hostatostr. 16 - Tel.: (0 69) 30 20 17
61169 Friedberg - Kleine Klostergasse 16 - Tel.: (060 31) 23 36
61381 Friedrichsdorf - Dr.-Fuchs-Str. 5 - Tel.: (061 72) 749 51
36037 Fulda - Marktstr. 21 - Tel.: (06 61) 740 78
35390 Gießen-(FPZ) - Bahnhofstr. 76-80 - Tel.: (06 41) 771 22
63450 Hanau* -Vor dem Kanaltor 3 - Tel.: (061 81) 218 54
34121 Kassel (FPZ) - Frankfurter Str. 133a - Tel.: (0561) 274 13
35321 Laubach - Marktplatz 3 - Tel.: (064 05) 77 18
35037 Marburg - Universitätsstr. 42 - Tel.: (064 21) 218 00
63067 Offenbach* - Bahnhofstr. 35 - Tel.: (069) 81 77 62
65428 Rüsselsheim* (FPZ) - Lahnstr. 30 - Tel.: (06142) 121 42
36381 Schlüchtern - Gartenstr. 3 - Tel.: (066 61) 20 71
65183 Wiesbaden* - Langgasse 3 - Tel.: (06 11) 37 65 16

Mecklenburg-Vorpommern

Landesverband:
18055 Rostock - Graf-Schack-Str. 6 - Tel.: (03 81) 313 05

Beratungsstellen:
18528 Bergen - Markt 6 (ehem. Poliklin.) - Tel.: (038 38) 245 74
18273 Güstrow - Pferdemarkt 22 - Tel.: (038 43) 623 15
19288 Ludwigslust - Schwerinerstr. 38 - Tel.:(038 74)472 05
18311 Ribnitz-Damgarten - Im Kloster 15 - Tel.: (038 21) 38 87
18055 Rostock - Graf-Schack-Str. 6 - Tel.:(03 81)313 05
18437 Stralsund - Jungfernstieg 1 - Tel.: (038 31) 29 51 19
17438 Wolgast - Kreiskrankenhaus - Chausseestr. 56 - Tel.: (038 36) 25 73 81

Niedersachsen

Landesverband:
30159 Hannover - Steintorstr. 6 - Tel.: (05 11) 36 36 08

Beratungsstellen:
38114 Braunschweig - Hamburger Str. 226 - Tel.: (05 31) 32 93 85
27472 Cuxhaven - Kirchenpauerstr. 1 - Tel.: (047 21) 360 16 / 17
26721 Emden - Neutorstr. 73 - Tel.: (049 21) 299 22
37073 Göttingen* - Rote Str. 19 - Tel.: (05 51) 586 27
38640 Goslar* - Reußstr. 3 - Tel.:(053 21)210 64
30159 Hannover - Am Marstall 2 - Tel.: (05 11) 36 36 06
30169 Hannover (FPZ) - Brühlstr. 19 - Tel.: (05 11) 161 08 32
38350 Helmstedt - Papenberg 26 - Tel.: (053 51) 71 74
37603 Holzminden - Wallstr. 2 - Tel.: (055 31) 108 07
21335 Lüneburg - Bardowicker Str. 4 - Tel.: (041 31) 342 60
26123 Oldenburg - Lindenstr. 4 - Tel.: (04 41) 880 95
49074 Osnabrück* - Krahnstr. 23 - Tel.: (05 41) 239 07
31224 Peine - Beethovenstr. 15 - Tel.: (051 71) 180 65
38226 Salzgitter - St.-Andreas-Weg 17a - Tel.: (053 41) 144 91
29614 Soltau - Mühlenstr. 1 - Tel.: (051 91) 177 83
21682 Stade - Salzstr. 16 - Tel.: (041 41) 22 11
29525 Uelzen - St.-Viti-Str. 22 - Tel.: (05 81) 97 07-14
26382 Wilhelmshaven - Peterstr. 47 - Tel.: (044 21) 250 80
38300 Wolfenbüttel - Kommißstr. 5 - Tel.: (053 31) 269 29
38440 Wolfsburg - Stormhof 2 - Tel.: (053 61) 254 57

Nordrhein-Westfalen

Landesverband:
42103 Wuppertal - Hofaue 63 / Postfach 13 0901- Tel.: (02 02) 245 65-10

Beratungsstellen:
52062 Aachen - Monheimsallee 11 - Tel.: (02 41) 363 57
33615 Bielefeld - Stapenhorststr. 5 - Tel.: (05 21) 12 40 73
44787 Bochum* - Hans-Böckler-Str. 10a - Tel.: (02 34) 123 20
53111 Bonn - Rathausgasse 11 a - Tel.: (02 28) 69 30 16
32756 Detmold - Woldemarstr. 15 - Tel.: (052 31) 268 41
52351 Düren - Bonner Str. 43 - Tel.: (024 21) 148 38
40225 Düsseldorf* - Himmelgeister Str. 107 - Tel.: (02 11) 31 50 51
47057 Duisburg* - Klöcknerstr. 172 - Tel.: (02 03) 35 07 00
45964 Gladbeck - Friedrichstr. 50 - Tel.: (020 43) 251 32
33330 Gütersloh - Roonstr. 2 - Tel.: (052 41) 204 50
50670 Köln-Zentrum - Hansaring 84-86 - Tel.: (02 21) 12 20 87
50765 Köln-Chorweiler - Unstrutweg 27 - Tel.: (02 21) 70 35 11
47798 Krefeld - Mühlenstr. 42 - Tel.: (021 51) 248 34
51373 Leverkusen - Breitenbachstr. 10 - Tel.: (02 14) 40 18 04
45770 Marl - Bergstr. 11 - Tel.: (023 65) 474 86
40822 Mettmann - Elberfelder Str. 6 - Tel.: (021 04) 244 28
41236 Mönchengladbach - Friedhofstr. 39 - Tel.: (021 66) 24 93 71
48149 Münster - Badestr. 19a - Tel.: (02 51) 458 58
46047 Oberhausen - Bismarckstr. 3 - Tel.: (02 08) 20 03 79
45657 Recklinghausen - Springstr. 11 - Tel.: (023 61) 267 01
42857 Remscheid - Kippdorfstr. 6 - Tel.: (021 91) 776 76
53757 St. Augustin - Mendener Str. 23 - Tel.: (022 41) 210 10
58332 Schwelm - Wilhelmstr. 13 - Tel.: (023 36) 104 71
42719 Solingen - Hildener Str. 43 - Tel.: (02 12) 761 01

53840 Troisdorf - Pfarrer-Kenntemich-Pl. 26 - Tel.: (022 41) 719 61
58453 Witten - Holzkampstr. 7 - Tel.: (023 02) 69 91 90
42119 Wuppertal - Vereinstr. 17 - Tel.: (02 02) 43 18 49

Rheinland-Pfalz
Landesverband:
55116 Mainz - Schießgartenstr. 7 - Tel.: (061 31) 23 63 50/54
Beratungsstellen:
67655 Kaiserslautern - Kanalstr. 23 - Tel.: (06 31) 636 19
56075 Koblenz - Hohenstaufenstr. 4 - Tel.: (02 61) 348 12
76829 Landau - Landwehrstr. 5 - Tel.: (063 41) 824 24
67061 Ludwigshafen* - Wittelsbachstr. 69 - Tel.: (06 21) 56 30 15
55116 Mainz* - Quintinsstr. 6 - Tel.: (061 31) 287 66 10
55116 Mainz (FPZ) - Quintinsstr. 6 - Tel.: (061 31) 287 66 66
54292 Trier - Petrusstr. 17 - Tel.: (06 51) 226 60

Saarland
Landesverband:
66121 Saarbrücken - Mainzer Str. 106 - Tel.: (0681) 645 66
Beratungsstellen:
66538 Neunkirchen - Süduferstr. 14 - Tel.: (068 21) 276 77
66121 Saarbrücken (FPZ) - Mainzer Str. 106 - Tel.: (06 81) 645 66

Sachsen
Landesverband:
04315 Leipzig - Wurzner Str. 95 - Tel.: (03 41) 689 20 52
Beratungsstellen:
08280 Aue - Gesundheitszentrum - Prof.Dr.Richard-Beck-Str. 1 - Tel.: (037 71) 520 21
09112 Chemnitz - Kaßbergstr. 22 - Tel.: (03 71) 321 02
04315 Leipzig - Wurzner Str. 95 - Tel.: (03 41) 230 00 27

Sachsen-Anhalt
Landesverband:
06118 Halle - Am Krähenberg 4 - Tel.: (03 45) 770 06 73
Beratungsstellen:
06295 Eisleben - Gesundheitsamt, Größlerstr. 2 - Tel.: (034 75) 60 25 07
06132 Halle - W.-von-Klewiz-Str. 11 - Tel.: (03 45) 77 48-242
39124 Magdeburg - Lübecker Str. 24 - Tel.: (03 91) 22 11 28
06484 Quedlinburg - Kaiser-Otto-Str. 4 - Tel.: (039 46) 70 55 21
39576 Stendal - Breite Str. 50 - Tel.: (039 31) 21 25 23
06712 Zeitz - Dietrich-Bonhoeffer-Str. 46 Tel.: (034 41) 71 17 76

Schleswig-Holstein
Landesverband:
24937 Flensburg - Marienstr. 29-31 - Tel.: (04 61) 18 04 07
Beratungsstellen:
22926 Ahrensburg - Manhagener Allee 17 - Tel.: (041 02) 329 66
23843 Bad Oldesloe - Königstr. 15 - Tel.: (045 31) 17 30 19
23795 Bad Segeberg - PF + AWO - Kurhausstr. 31 - Tel.: (045 51) 30 05
24937 Flensburg* - Marienstr. 29-31 - Tel.: (04 61)18 04 08
25746 Heide - Feldstr. 19 - Tel.: (04 81) 641 44
25813 Husum - Neustadt 35 - Tel.: (048 41) 36 71
25524 Itzehoe - Große Paaschburg 28 - Tel.: (048 21) 27 06
24105 Kiel - Beselerallee 44 - Tel.: (04 31) 862 30
23566 Lübeck - Jürgen-Wullenwever-Str. 1 - Tel.: (04 51) 647 72
24534 Neumünster - PF + AWO - Göbenplatz 4 - Tel.: (043 21) 91 77-20
22844 Norderstedt - Cordt-Buck-Weg 38 - Tel.: (040) 522 85 78

Thüringen
Landesverband:
99084 Erfurt - Bahnhofstr. 27/28 - Tel.: (03 61) 643 85 14
Beratungsstellen:
06556 Artern - Fräuleinstr. 12 - Tel. (034 66) 32 20 64
99084 Erfurt - Bahnhofstr. 27/28 - Tel.:(03 61) 562 17 47
07545 Gera - Friedrich-Engels-Str. 5 - Tel.: (03 65) 81 73 86
96515 Sonneberg - Gustav-König-Str. 10-16 - Tel.: (036 75) 28 94
99423 Weimar - Falkstr. 23 - Tel.: (036 43) 599 04

Deutsche Gesellschaft
für Familienplanung,
Sexualpädagogik und Sexualberatung e.V.
Bundesverband
Stresemannallee 3
60596 Frankfurt am Main
Telefon: (069) 63 90 02
Fax: (069) 63 98 52

Beratungsstellen,
Familienplanungszentren
und Landesverbände

Stand: 23. Februar 1995

Die Familienplanungszentren der Pro Familia sind mit der Abkürzung (FPZ) hinter dem Ortsnamen gekennzeichnet. In diesen Zentren wird neben der Beratung medizinische Behandlung zur Familienplanung angeboten und können ambulante Schwangerschaftsabbrüche durchgeführt werden.
Mit * gekennzeichnete Beratungsstellen unterhalten eine oder mehrere Außenstellen in Stadtteilen oder umliegenden Orten.

Versand von Literatur, Informationsmaterial und Verhütungsmitteln:
PRO FAMILIA-Vertriebsgesellschaft
Niddastr. 76, 60329 Frankfurt am Main
Tel.: (069) 25 19 30, Fax: (069) 23 72 27

Ladengeschäft:
Condomeria
Berger Str. 27, 60316 Frankfurt am Main
Tel.: (069) 44 42 36